品嘗好書　冠群可期

恐怖的鐵塔王國

江戶川亂步

品冠文化出版社

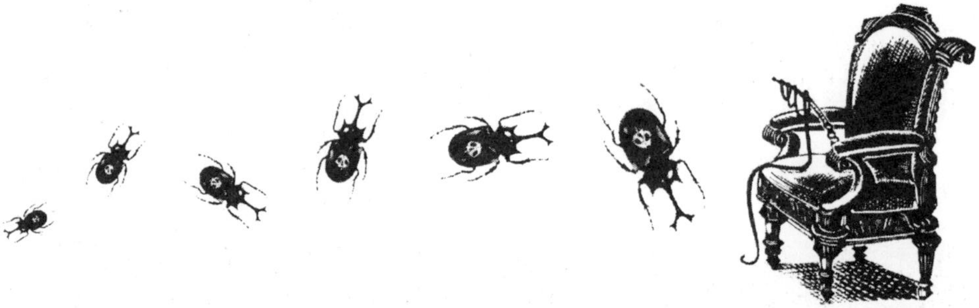

目錄

恐怖的鐵塔王國

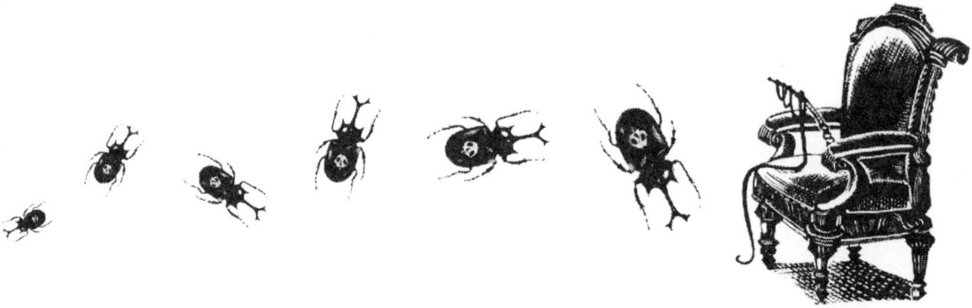

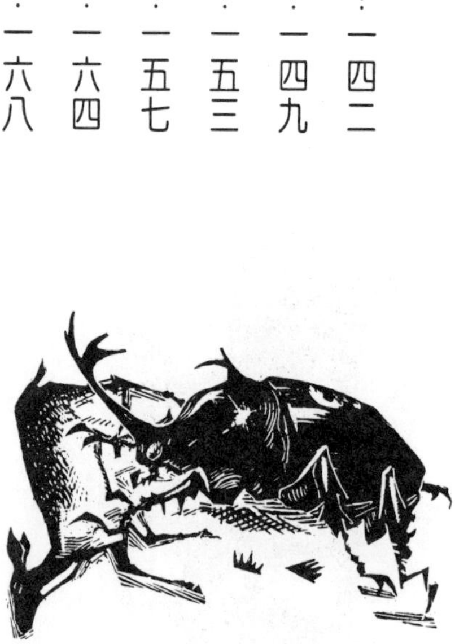

少年偵探⑩

恐怖的鐵塔王國

江戸川亂步

偷窺箱

明智偵探事務所的少年助手——小林芳雄，有一天晚上，外出爲老師辦事，歸途經過麴町（東京都千代田區的街道名，這裡是一片寧靜住宅區），這是靠近明智偵探事務所的寂靜地帶。

麵町有一片廣大的原野，很多地方都雜草叢生，一側則是長達一百公尺的水泥牆。在微暗的黃昏時刻，此地已無人煙，非常安靜，令人不覺有些毛骨悚然。

彎過水泥牆角，看到奇怪的東西。一輛車上放了一個四方形的大箱子，箱子前面有五個直徑三公分左右的小圓洞。車旁站著一個留著白鬍子的老爺爺。

白頭髮、白鬍子，長長的鬍鬚垂到胸前，皺巴巴的臉上戴著小型眼鏡，眼睛像大象般細長，身上穿著三十年前流行的格子樣式的舊衣服，還有一雙大鞋。他雙手背在腰後，微笑著站在那裡。

這個老爺，爺到底在這個沒有人經過的街道做什麼呢？小林不禁停下腳步，看著這位奇怪的老爺爺。

「哈哈哈……你來了啊！我從剛剛就一直在等你過來。」

老爺爺裂嘴大笑。

「等我？你是不是認錯人了？我沒有見過你耶！」

小林訝異的說道，而老爺爺則表情嚴肅的說道：

「不，我沒有認錯人，我有東西要讓你看。你知道這是什麼箱子嗎？不知道吧！這是三、四十年前的小孩很喜歡看的東西，這就是偷窺箱。你看，這裡有圓洞，從這個洞看進去，會出現奇妙的情景喔！圓洞裡裝了透鏡，裡面的情景就跟真的一樣，會放大哦！你看看吧！」

小林以前就聽過偷窺箱這種東西，很想看看是什麼樣子，所以眼睛

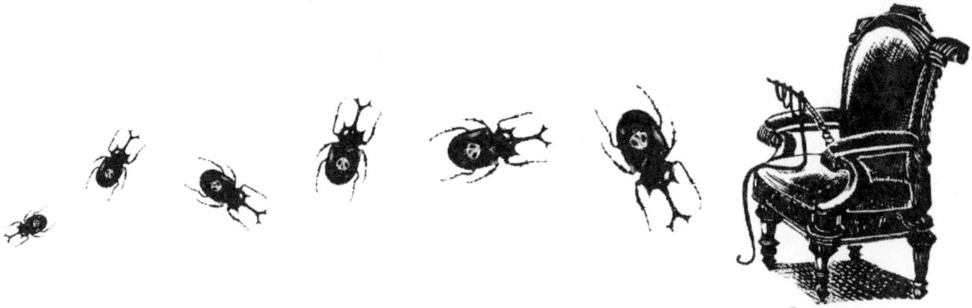

就對準五個小圓洞之中的一個圓洞往裡面看。

小林嚇了一跳，就如老爺爺所說的，藉著透鏡的作用，偷窺箱裡出現的情景就好像真的一樣。他看到很多的山和森林。

感覺就好像坐在飛機上，從上方俯看高大的山。那些可能是玩具樹木吧！宛如由幾百棵樹木所形成的森林似的，看起來就好像是在真正的深山裡。

森林裡有個黑色的建築物，圓塔高高聳立，外形很像西洋城堡，因爲是用鐵打造的，所以顯得漆黑。這個城堡可能也是用紙或薄鐵板做出來的玩具，不過藉著透鏡的作用，看起來就好像是真的城堡一樣。

「仔細看，你現在看到的是日本某處的山中，可以看到一座鐵城。真的有這麼一座城哦！你覺得怎麼樣？很不可思議吧！」

老爺爺用嘶啞的聲音說道。這時，偷窺箱裡的城堡，突然出現異樣的情景。

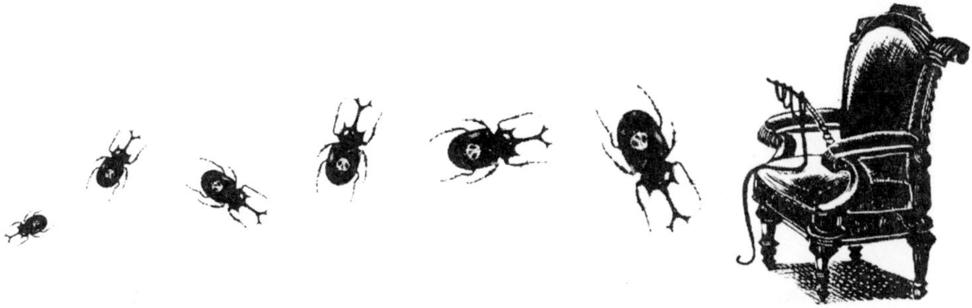

突然有東西在城堡的圓塔上方移動，而且躍過了塔的邊緣，沿著塔壁慢慢的爬了下來。

那是一隻黑色的獨角仙。依照塔的窗子的比例來看，獨角仙和人一樣大。

和人一樣大的獨角仙從塔上慢慢的爬下來，頭頂突出一根黑色的大角。小林突然想到西方怪談中出現的獨角獸怪物。不論從牠的大小或可怕的形狀來看，都不應該稱牠爲獨角仙，而應該是獨角獸怪物。

這個巨大的獨角仙，終於爬下了塔，慢慢的從森林裡朝這裡接近。這時從森林的樹叢中突然跳出一個東西來，是一隻鹿。鹿一見到怪物就匆忙逃走。這隻鹿看起來比獨角仙要來得小，由此就可以知道怪物的大小了。

獨角仙發現了鹿，立刻飛撲過去，就好像大蜘蛛要捕捉黏在蜘蛛網上的蒼蠅似的快速前進。鹿被獨角仙粗壯的前足抓住，然後就被推倒了。

好像死掉了似的，一動也不動。

看到鹿不動了，怪物獨角仙把一隻腳往後挪，頭上的角向下傾斜，對準鹿的側腹插了下去。

小林連忙別過頭去，讓眼睛離開觀看孔。實在太可怕了，教人看不下去。這時他看看四周，已經夕陽西下。這裡是一片原野，旁邊有水泥牆，還有載著偷窺箱的車子和留著白鬍子的老爺爺。

啊！太好了，剛才看到的一幕幕景象並不是真的。就像是做了一場噩夢似的，頓時安心下來。

在箱子裡的應該不是真的山和森林吧！應該全都是用玩具佈置的。獨角仙、鹿都是玩具，只不過用了簡單的機械使它們移動，藉著透鏡的作用讓一切看起來就好像是真的一樣。

「哈哈哈……怎麼樣？很有趣吧？」

白鬍子老爺爺看著小林，笑了起來。接著，說了奇怪的話。

「你一定要記住剛才的情景喔！這雖然只是個偷窺箱，但事實上，真的有這樣的山和森林，也有黑色城堡和那隻獨角仙喔！……你一定要記住這件事，在這個世界上將發生可怕的事情。呵呵呵……再見了，小林。」

說完之後，他抓緊方向盤，把車開走，在街道的轉角處轉個彎，就消失不見蹤影了。最不可思議的就是，載著偷窺箱的車子竟然沒有發出任何聲響。老爺爺和車子就好像溶入了黃昏的黑暗中似的。

小林少年茫然的佇立在當場。實在是不可思議，剛才所發生的一切，到底是事實還是夢境呢？

小林覺得背脊發涼，不禁發抖。天色愈來愈暗了，黑夜一步步的籠罩著大地。

深夜的妖蟲

這件事情發生的數日之後，在半夜的銀座大街，發生了前所未聞的事情。

中學二年級的山村志郎少年和媽媽兩人，住在銀座後面一家小點心店的二樓，租來的房間。媽媽的縫紉技術很好，在某個百貨公司的服裝部工作。

有一天半夜，山村的媽媽肚子很痛，山村爲了叫醫生而到附近的公共電話亭去。

所幸醫生答應立刻趕到，山村這才稍微放下心來。正當山村要走出公共電話亭的時候，感覺到玻璃門外似乎有黑色樹枝的東西在移動。

他覺得很奇怪，打開門一看，有個像樹枝似的東西，正慢慢的靠向

自己。仔細一看，那個東西的頭上好像有個黑得發亮的棒子，棒子的尖端十分的細，宛如有數隻像老鼠尾巴那麼細的樹枝，不停在爬著，有如蜈蚣的腳在移動似的。

山村看到之後，嚇得呆立在那裡。黑棒似的東西慢慢的延伸過來，像鑰匙一樣的轉動起來。棒子的根部粗大，等到看見整個身影時，發現那是極大的黑色東西。那個東西兩隻發亮的眼睛，隔著玻璃瞪著山村。

不！不僅如此。黑而大的東西有著有如長鎗一般的漆黑大角。根部大約五公分粗，全長大約五十公分。這個尖尖的黑色大角，似乎就要戳破公共電話亭的玻璃。

「哇哇哇……」

山村少年大叫，就這樣的昏倒在公共電話亭的水泥地上。

不久之後醒來，玻璃門外已經空無一物，讓人覺得好像做了一個惡夢般。他戰戰兢兢的推開玻璃門往外看，什麼都沒有。

走出亭子，出現在眼前的仍然是一片寂然。山村朝家的方向跑，跑到轉角處，朝著銀座大街的方向看去，對面的角落有奇怪的東西正在移動。

山村嚇得雙腿發軟，無法動彈。

怪物還在那裡。雖然是半夜，多數建築物都熄燈了，但是還有街燈。在街燈的照射之下，巨大怪物的背部就好像油漆一樣黑得發亮。

這個怪物，看起來就好像放大了一萬倍的獨角仙，十分可怕。宛如大金剛的獨角仙有粗大的大角，就像獨角獸這種怪物似的。

這時，山村少年聽到後面有喀喀的腳步聲，嚇得回頭一看，發現不是妖怪，而是巡邏的警員。警員似乎還沒有發現怪物。

山村看到警員稍微感到安心，突然「哇」的放聲大哭，抱住警員的腰。突然被抱住的警員也嚇了一跳。山村一直抱著他，用僵硬的手指著某個方向。警員看到以後，也像石頭一樣呆立在那裡。

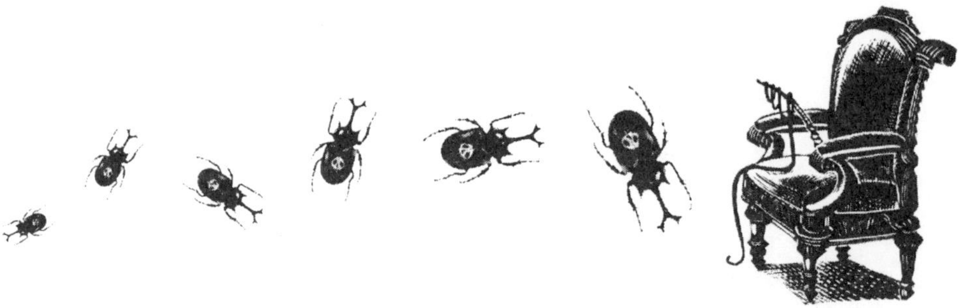

這個警員勇氣十足，並不打算逃走，輕聲的吩咐山村快點跑回家，而自己則小心謹慎的慢慢靠近怪物。

這時山村少年已經忘了媽媽生病的事情，搖搖晃晃的跑回家，對樓下點心店的人述說怪物的事情，結果立刻引起了大騷動。

深夜的銀座竟然出現了獨角仙怪物，一傳十，十傳百，一些勇敢的男子紛紛手持棍棒，跑出家門。

這些人來到山村少年所說的地方，突然響起砰的一聲，手槍發射子彈的聲音劃破了夜晚的寧靜，原來警員對怪物開槍。

這時，怪物已經爬到銀座大街，警員正在追趕他。附近的派出所聽到傳聞後，也派了兩名警員過來，後面則跟著持棍棒陸續趕來的十五、六名男子。

半夜兩點的銀座，以往是空無一人的，沒有電車（那時的路面電車，現在只有荒川線）行駛的鐵軌，散發出銀色的光芒。總是人聲鼎沸的銀座，到了夜晚竟然如此安靜，讓人十分驚訝。由於白天是如此的熱鬧，因此夜晚的寧靜也就教人有點害怕。

在無人的大街，銀色的電車鐵軌上，像熊一般的獨角仙妖怪，舞動著多隻腳快速奔馳。

聽到了兩、三次開槍的聲音。但是，怪物就好像是用鐵打造似的，即使被子彈射中，子彈也只是鏘的彈了回來。

這時，載著一位深夜客人的汽車從對面駛來。

這地區一路上都沒有人，駕駛開起車來很輕鬆，但是，突然在車頭燈的燈光中看到可怕怪物的身影，嚇了一跳。

這是從來不曾見過，的如大熊般擁有幾隻長足的漆黑怪物，兩個大眼睛在車頭燈的照射之下閃耀著光芒，頭頂則有可怕的大角。怪物突然低頭以大角對著汽車衝了過來。

坐在後座的紳士，也發現到怪物，不禁大叫，整個人趴在座位上。

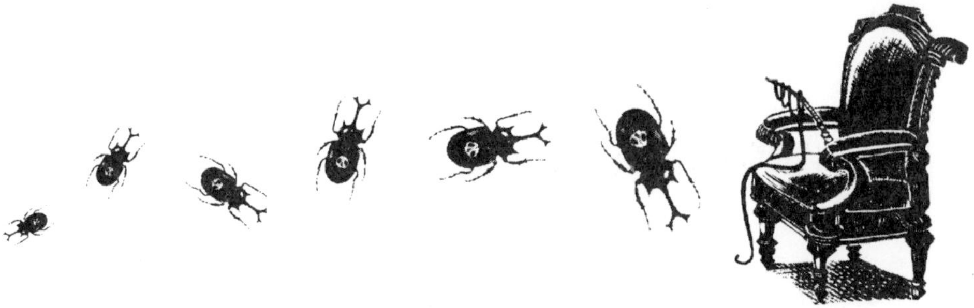

站在那裡的人群，看到這幅情景，心想，如果獨角仙真的去衝撞汽車，那麼就算是怪物，也一定會受傷。每個人都捏了一把冷汗，汽車在怪物前面五公尺的距離，突然緊急剎車。

接下來的瞬間，發生了奇怪的事情。

巨大的獨角仙並不在意前方奔馳而來的汽車，繼續快速的向前跑。雖然汽車已經緊急剎車，牠還是不斷的迅速前進，最後爬上汽車前蓋。

汽車駕駛，看著眼前獨角獸的大角漸漸逼近，嚇得往後退。他看著怪物兩個巨大的眼睛，結果被嚇暈了。

從人群這裡看過去，怪物從汽車正面爬上車子，躍過車頂，跳下汽車後方，直接沿著電車軌道繼續奔馳。長足不斷的移動著，載運牠的大身體。

怪物距離警員和人群愈來愈遠。人只有兩隻腳，當然趕不上怪物，而且人會累，怪物卻絲毫不顯疲態。

怪物來到銀座四丁目的十字路口，繞到數寄屋橋（銀座與有樂町交界處的橋，一九五八年拆除），繼續奔馳了一陣子。數寄屋橋的派出所所派出的兩名警員用手槍指著怪物，堵住怪物的去路。但是，獨角仙卻不在乎，就好像機械人一樣，直直朝著警員衝了過去。

砰！砰！聽到兩聲槍響，但是怪物並沒有倒下，只管繼續奔馳，把警員從左右彈開。

兩名警員就這樣的被撞倒在地上，無法立刻站起來。不過，幸好沒有被怪物粗大的腳給踢到。

怪物走過數寄屋橋，突然朝右轉，消失了蹤影。警員和該地區的民眾度過了橋，不斷的找尋，卻找不到怪物的蹤影，就好像怪物突然從世界上消失了似的。

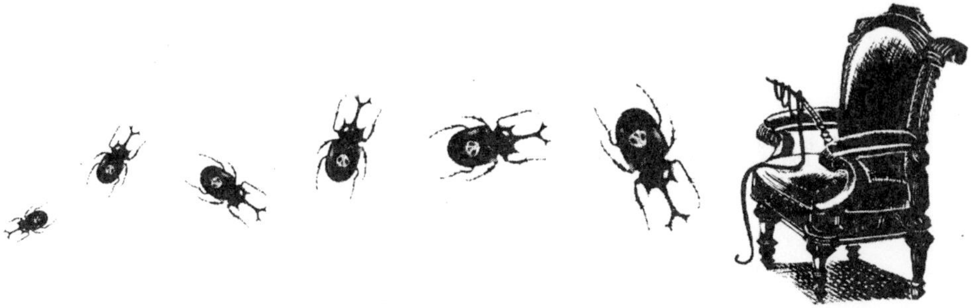

鐵塔王國

妖怪獨角仙具有光澤的黑色背部，附著了一個好像骷髏頭似的白色東西。就好像『黃金蟲』（美國作家愛德嘉•亞藍坡所寫的神秘小說）這本小說中的金色獨角仙及巨蛾死頭蛾背部的骷髏頭一樣，這裡出現的巨大獨角仙的背上也有這種臉。

小林少年事後把這件事情告訴新聞記者，隔天的報紙上刊登了很大的圖片，表現出來自地獄的可怕妖蟲的姿態。

自從那夜以來，過了兩週，銀座並沒有發生任何事情。那晚妖蟲在數寄屋橋附近消失之後，就沒有再出現過。

但是兩週後的一個夜晚，荻窪的高橋太一郎家發生了可怕的事情。

高橋先生是昭和鐵工會社的社長，在荻窪擁有一棟連庭園占地三千平方公尺的寬大住宅。家人包括太一郎夫婦和兩個男孩，此外還有幾個傭人以及書生（寄居在他人家中幫忙家事的讀書人）。兩個男孩中的哥哥叫壯一，就讀中學二年級，弟弟叫賢二，就讀小學四年級。

晚上七點左右，高橋的朋友木村打電話來。主人太一郎正好在家，接電話時對方說：

「我們公司有個叫做村瀨的人想要見你，請你見他吧！詳情直接問村瀨先生好了。」

不久之後，這名叫做村瀨的男子來到太一郎家。村瀨三十歲左右，看起來獐頭鼠目，不過因為受託於木村，只好請他到客廳裡坐。

村瀨和主人太一郎打過招呼之後，就坐在安樂椅上，默默的看著這家的主人，沒有說出來意。

「木村先生並沒有對我說些什麼，你到底有什麼事情呢？」

太一郎問道。村瀨笑了起來，說出奇怪的話：

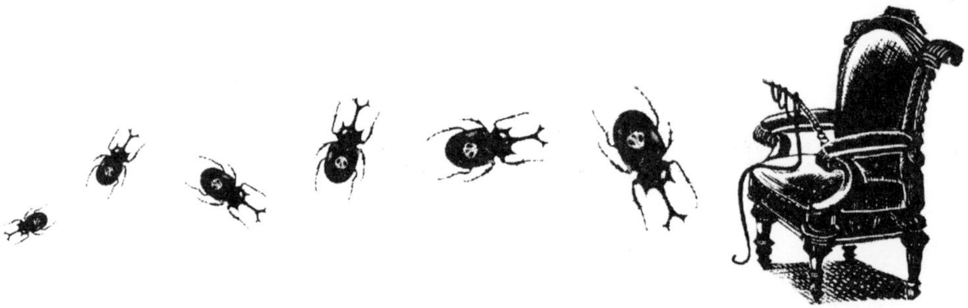

「事實上，我並不是木村派來的。」
「咦！那麼先前的電話是怎麼一回事？」
「我只不過是假借木村的名字而已。我的聲色技巧（模仿別人的說話方式或聲音）非常高超吧！」
村瀨說完，噴出一口煙。
「什麼？你假借木村先生的名字？」
太一郎立刻探出身子，手伸向桌上的呼叫鈴按鈕，想要叫喚書生過來。
「且慢，不可以按鈴哦！我想單獨和你談談。如果你按鈴，我就要開槍囉！」
村瀨立刻從口袋裡掏出手槍，對準太一郎。
既然對方拿出了手槍，太一郎也無計可施，只好瞪著對方，毫無置喙的餘地。

「那麼，我就告訴你我的來意吧！」

村瀨開始說道：

「鐵塔王國……這個名稱你可能不知道吧！這個小王國在日本的某個山中，世界上沒有人知道它的存在。深山裡聳立著黑色的鐵塔，形成另外一個世界。我奉這個鐵塔王國的首領，不，應該說是國王之命，到你這裡來。

國王拜託家財萬貫的你一件事情，希望你能捐款一千萬圓（相當於現在的兩億日圓）。即使是另一個世界的王國，沒有錢也無法辦事。決定好時間、時點，把現金一千萬圓交到我的手中。這就是我今晚的來意。你覺得如何呢？我想聽聽你的回答。」

村瀨說完，便舉起槍口，看著主人。

太一郎驚訝得張大了嘴巴，心想，這傢伙是不是瘋了。

「你的回答如何呢？」

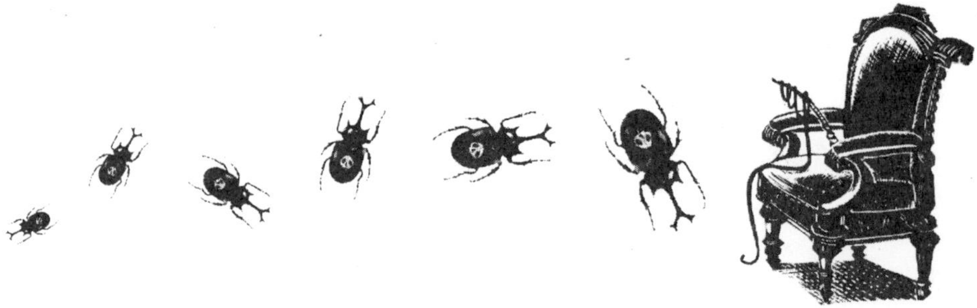

「哈哈哈……我拿不出這筆錢。在日本國內另外成立一個王國，誰會相信呀！再者，一千萬圓並不是一筆小數目，我怎麼可能會有呢？」

太一郎覺得實在很可笑。

「嗯——哦！你是說，不接受我的要求嗎？好，那我就再說得更詳細一點。鐵塔王國是爲了迎接很多小孩而準備的，那裡要聚集很多的好孩子，訓練爲壯大的軍隊，擔任鐵塔王國的近衛軍（在君主身邊負責守護的兵）。如果你不願意捐出一千萬圓，那麼，就把次子賢二送到山中王國去吧！

怎麼樣？我可以帶他走嗎？我有很優秀的武器哦！你應該知道兩週前出現在銀座的獨角仙吧！那是鐵塔王國的守護神，是獨角仙戰車，是會發出砲彈的鋼鐵戰車。不僅如此，牠也是魔法師；牠是幽靈獨角仙。在大家還沒有看到之前，牠就像煙一樣的消失了。證據就是在幾天前的夜裡，獨角仙在數寄屋橋消失的事情。

鐵塔王國擁有這種可怕的武器，利用牠就可以掠奪孩子，尤其是聰明、可愛、堅強的孩子。就算動用警力也無法阻止，因為牠們是魔法師。嗯！如果疼愛孩子，那麼就捐出一千萬圓吧！選擇何者，就由你自己來決定了。」

太一郎愈聽愈猶豫，無法相信這名男子所說的話，心想，他可能是因為聽說了妖蟲獨角仙的事件，而故意編出這段話來。

「你在猶豫嗎？那也是無可奈何的事情，那麼我就等你一天好了。明天傍晚我會打電話來，五點到六點之間一定會到你家來，到時候你就要決定付錢或交出孩子。如果你不在家，那麼，我就會把賢二帶走囉！我們就這麼約定了。」

這名叫做村瀨的男子，說完之後從椅子上站起來，倒退著朝面對庭院的大窗子的方向走去。

「你還不可以按鈴。在我消失不見之前你不能動，否則子彈可是不

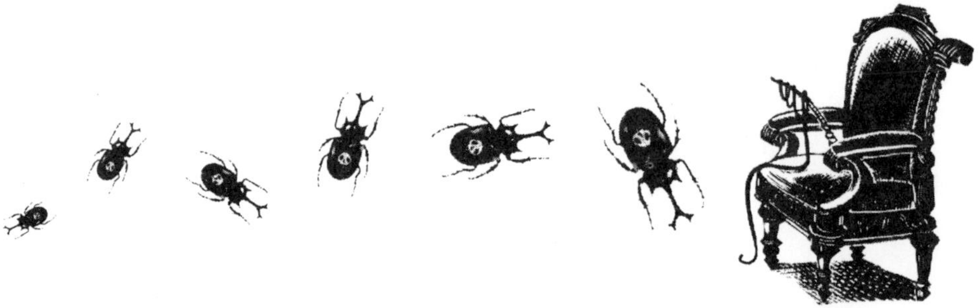

長眼睛的哦！」

窗子前天，絲絨製的窗簾垂到地面，村瀨隱身於窗簾後面，但是，並未爬出窗外。他從窗簾的縫隙伸出槍口，指向屋內，從窗簾下面的縫隙可以看到他的鞋子，他一直站在那裡，似乎一動也不動的觀察裡面的情況。

兩人互視的情勢持續了好一陣子。太一郎一直坐在安樂椅上，村瀨則躲在窗簾後面，兩個人僵在那裡像是人偶一樣，持續了五分鐘。

太一郎終於忍不住的用力按下桌上的鈴，接著就跑向門的方向。雖然很怕窗簾後面的手槍會射出子彈，但是，根本管不了這麼多。

打開門時，遇到從外面跑過來的書生。

「那傢伙有槍，躲在窗簾後面。是法國窗的窗簾。趕快叫人繞到庭院去，兩面夾攻。」

對書生下了命令之後，太一郎悄悄的回到門前，從門縫看向窗簾的方向。那傢伙還是維持原來的姿態。從窗簾縫隙露出來的鞋子和手槍依然清晰可見，那姿勢從開始到現在都沒有移動過。

實在很奇怪。但是，太一郎無法決定是不是要回到房間裡，只是站在那裡。

不久之後，聽到窗簾附近發出喀鏘的聲音。仔細一看，窗簾朝左右被拉開，書生出現了。並不是村瀨，而是書生。那麼村瀨到哪裡去了呢？根本沒有看到人影。

正感到訝異的時候，書生笑著抓起窗簾的一端讓主人看。以細繩綁住的手槍正掛在窗簾的一端。再看看地上，只是兩隻鞋子而已。先前窗簾還沒拉開的時候，覺得有人站在那裡。原來村瀨這個奇怪的男子，脫去了鞋子，把手槍掛在窗簾上，從窗子逃走了。

但是如果就這樣逃走，恐怕還是會被書生們追趕，主人也會報警。如果警察佈置了警戒線（發生火災或犯罪事件時，設定某個範圍禁止一

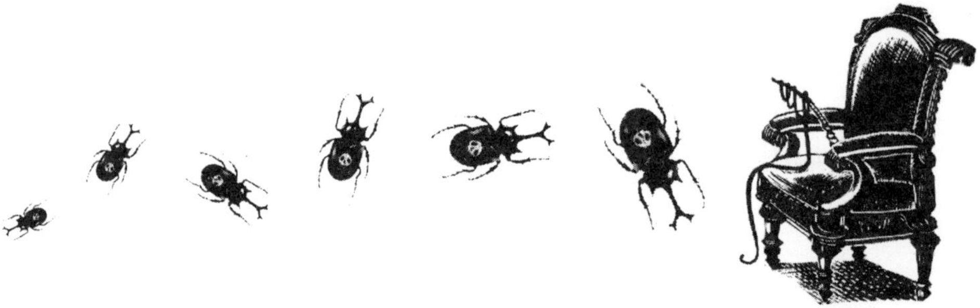

般人進入，由警察負責看守），那就很麻煩了。爲了防止這種情況發生，只好巧妙的耍了一招。

偷偷靠近的怪物

高橋太一郎把當晚發生的事情報警處理。因爲這件事實在是太離奇了，警察也認爲可能是瘋子的惡作劇。雖然派了警察在高橋住宅周圍加強警戒，但是，並未深入調查整個事件。

高橋先生也不相信什麼鐵塔王國的事情，因此，即使第二天村瀨打電話過來時，也直接由傭人告知不在家，並沒有接電話。後來村瀨又打來了兩、三次電話，每次都是書生接的，告訴他主人外出，不知道到哪裡去了。

這件事發生的第三個晚上，大家終於知道村瀨這個傢伙所說的事情絕對不是唬人的。因爲接二連三的發生了可怕的事情。

高橋的次男、就讀小學四年級的賢二少年，這天晚上，在自己書房的桌前看書。雖然才七點左右，但因爲這附近是安靜的住宅區，所以，四周十分安靜，而且家裡也十分寬廣，聽不到其他人的聲音。這個書房是和哥哥壯一共同使用的書房，哥哥不知道到哪裡去了，只有賢二在書房裡。

正當賢二在用功讀書的時候，突然發現桌上某處傳來聲響。賢二覺得很奇怪，看看四周，並沒有發現什麼異狀。過了不久，再度覺得有什麼聲音在自己的身邊出現。賢二有點害怕，仔細看著桌上，這才發現從燈座對面轉角爬出了黑色的小獨角仙。

仔細看看這隻獨角仙，頭頂長著一根大角，而且背部有奇怪的白色圖案。

賢二看著這個圖案，突然覺得毛骨悚然。原來那是一個骷髏頭的臉。

賢二嚇得從椅子站了起來。從遠處看著桌上時，發現爬出來的獨角仙不只一隻而已，兩隻、三隻、四隻、五隻，不久之後，就陸續有獨角仙爬到剛才賢二還在看的書上，而且這些獨角仙的背上，全都有著骷髏頭的圖案。

賢二終於受不了了，從書房逃走。朝著餐室的方向跑去的時候，壯一迎面走了過來。

「臉色怎麼這麼蒼白？發生什麼事了？」

「獨角仙！有好像骷髏頭圖案的獨角仙在我的桌上……」

賢二抓住哥哥，拚命大叫。

「哦？骷髏頭的圖案？好，哥哥去看看。我們一起去吧！」

就讀中學二年級的壯一，不愧是哥哥，表現得非常勇敢。

兩個人回到書房看賢二的桌面。奇怪的是，剛才還在這裡爬行的許多獨角仙全都不見了。桌子下、抽屜裡都檢查過了，但是，並沒有發現任何一隻獨角仙，牠們就像幽靈一樣的消失了。

後來兩個人把這件事情告訴父親，爸爸太一郎面有難色的思索著。他終於開始擔心村瀨這名男子在做什麼壞事了。

當天晚上十點左右，輪到書生廣田看到可怕的事情。

廣田青年住在高橋先生家，正在念大學，從學校回來之後就擔任書生的工作，處理很多的事情。這一天，廣田像平常一樣關好門，打算走進屋內時，突然發現庭院裡有東西在移動著。

這天晚上有月亮，庭院的樹木和草看起來就像結霜一樣，是白色的。黑色的大東西在庭院裡，從後門爬了進來，不是貓也不是狗，是更奇怪的東西。

廣田躡手躡腳的跟在這個奇怪東西的身後，覺得自己就好像是在做噩夢一般。

月光照著整個庭院，水泥洋房的後院被照得泛白，而這裡面正有黑

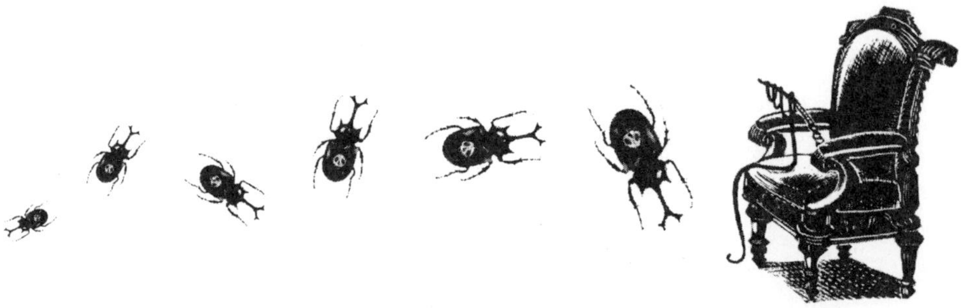

色的巨大怪物在爬行。
漆黑的背上有白色的怪異圖案，腳很長，頭上有一根黑色的大角，兩個圓圓的眼睛閃爍著光芒。廣田看清楚這個東西的真實身分時，嚇了一跳，呆立在當場。
當時，這個怪物已經停止爬行，一動也不動。牠把頭撇過來，用兩隻發亮的眼睛向廣田這邊瞪視。
廣田連忙躲進建築物的陰影裡。
「也許被發現了。怪物或許會揮舞牠那可怕的大角，迅速朝這裡衝過來。」
他感到心跳加快。
怪物回頭朝這邊看了一陣子，似乎沒有發現廣田，而直接把頭轉了回去，繼續用長足爬行。廣田從建築物的背後偷窺著這一切。
怪物在月光中漸漸接近建築物，停在一個窗子下。那是壯一、賢二

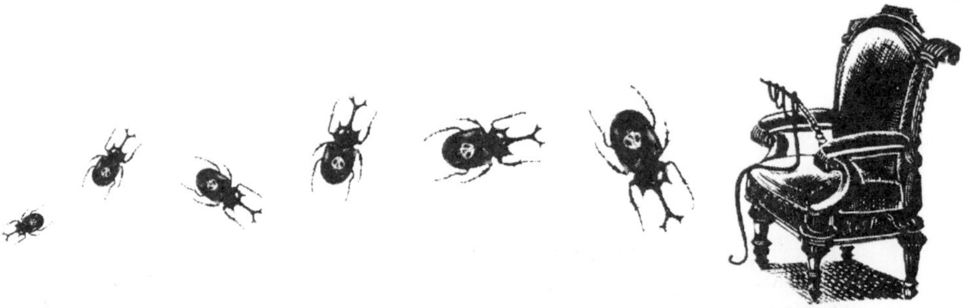

兄弟書房的窗子。廣田看到之後，不禁雙手拳頭緊握。

怪物的前腳攀上了牆壁，爬到一半，後腳突然直立，前腳停在窗緣，兩隻眼睛窺視著房裡的一切。

因爲怪物挺直了起來，所以可以清楚的看到牠整個背部。在月光的照耀之下，帶有光澤的巨大背部閃爍著異樣的光芒。

骷髏頭的圖案出現在背部。

廣田覺得自己好像在做夢似的，沒想到在這世上竟然會出現這麼可怕的光景。

他恐怕一輩子都忘不掉，這個在月光照耀之下巨大妖蟲的身影。

書房的玻璃窗已經往上推開一半，成爲黑色四方形的洞。房間的電燈已經關上，看起來好像沒有人。

怪物朝左右觀看，用發亮的眼睛觀察整個房間的動態。終於，長著大角的頭慢慢的伸向窗內，長足也開始快速的移動。怪物的身體離開地面，爬牆進入了窗內。

只有尾部還露在窗外。長足不斷的往上爬，然後消失在窗口。怪物侵入了兩兄弟的書房。

村瀨並沒有說謊。賢二少年似乎即將受到攻擊，而且會被這可怕妖蟲的長足壓倒在地，不知將被帶到哪裡去。

奇怪的消失

當奇怪的妖蟲的身影消失在賢二少年的書房時，廣田趕緊跑開。這時是晚上十點，書房裡並沒有人。哥哥壯一和弟弟賢二應該是在其他房間睡覺。但是，獨角仙也許會偷偷的爬到他們的寢室去，到時候賢二也許會被長足抓住，然後被帶到某個地方去。

廣田想到此處，再也忍不住了，趕緊跑到書房外，趴在先前獨角仙

進入的窗口，爬進了黑暗的房間裡。

躲在房間的角落豎耳傾聽，卻沒有聽到任何的聲音。那麼大的蟲如果就在房裡，應該會發出聲響，但是，房裡卻十分安靜，也許怪物已經從房間走到走廊去了。

廣田慢慢的走向開關，啪的打開電燈。房間裡面空無一物，怪物當然已經爬到走廊去了。

「糟糕了，來人啊！獨角仙、獨角仙……」

廣田大聲叫喊，鼓起勇氣朝走廊飛奔而去。

走廊的燈都亮著，一眼就可以看得很清楚。左邊是盡頭，因此只要看右邊就好了。長長的走廊上並沒有任何人。

走廊對面是起居室、餐廳和寢室。主人高橋聽到廣田的叫聲，驚慌的跑到走廊，身後還有妻子和傭人們，連已經睡著的壯一、賢二兩兄弟也都穿著睡衣跑了出來。

「廣田，怎麼回事？發生什麼事？」

高橋大聲問道。

「獨角仙，妖蟲獨角仙跑到走廊了。」

廣田喘著氣說道。

「在哪裡？走廊沒有東西啊？」

「牠根本就沒有時間跑到其他地方去。我看到牠進來的，真的很奇怪，牠的確應該就在走廊上。不知道會不會跑到餐廳裡去了。」

「不可能的，因爲我們就在那裡啊！」

「可是無處可逃啊！實在很奇怪。」

「你是不是在做夢啊？」

「不，我絕對沒有做夢。」

廣田簡短的說明了剛才在庭院裡看到的事情。

「廣田，爸爸書房的門好像被打開了，你有沒有看到那邊的情形？」

壯一少年突然察覺到書房的門沒有關，於是在遠處問道。

大家趕緊看著書房的門。的確，門打開了四、五公分的縫隙。這條走廊在書房到餐廳之間，右側是主人高橋的大書房，左側則是一片牆壁，如果怪物要逃，大概只能夠鑽到書房裡。

「書房的窗子有裝鐵窗，如果牠進去裡面，那麼，就像是自投羅網的老鼠，無處可逃了。」

高橋這麼說的時候看著廣田，似乎是示意要他去開門。

廣田走到門邊，但是，卻要有莫大的勇氣才能夠把門打開。他站在那裡，猶豫了一會兒。

這時，門卻突然慢慢的從裡面被打開了。

看到這種情形，大家都嚇得倒退了幾步。難道那隻可怕的妖蟲用彎曲的腳打開了門，想要撲到眾人的面前嗎？

門逐漸被打開，但仍然是一片漆黑。在黑暗中出現的並不是妖蟲獨角仙，而是另外一個書生青木青年。

「啊！青木，你沒有看到獨角仙嗎？」

高橋好像在責罵他似的問道。

「沒有啊，沒有人在這個房間裡啊！」

「你在一片漆黑的書房裡做什麼？」

「我只是借書架上的書來看。你說過，無論什麼時候都可以借書來看。我找到書，正打算關燈出來的時候，發現走廊很吵，所以，暫時沒有出來。」

青木一邊說著，一邊把手上的書拿給大家看。那是有關法律方面的書籍。

「是嗎？那就沒關係了。廣田說長得像人一樣大的獨角仙到走廊來，我們和廣田從兩側包圍，能夠從這個走廊逃走的只有這個書房，可是你卻什麼都沒有看到，實在很奇怪。為了謹慎起見，我們還是到書房裡去

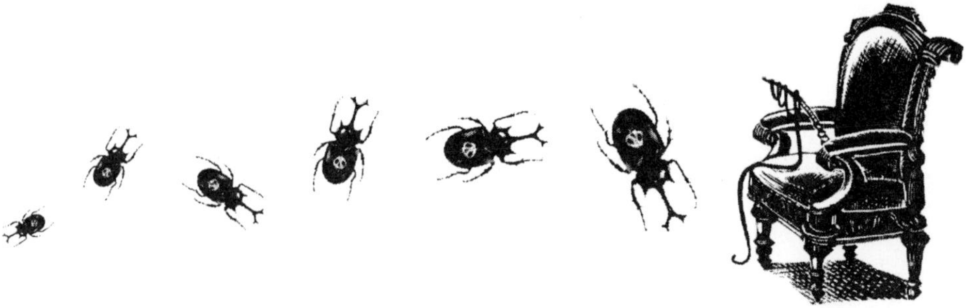

找找看吧！」

高橋先行進入書房，打開開關，點亮了燈。廣田和壯一跟在他的身後走了進去，青木則拿著書離開了。

書房裡面的確空無一人。桌子下面和書櫥後面都找遍了，但是，什麼也沒有發現。打開窗子檢查鐵窗，並沒有遭到破壞的痕跡。

「廣田，我看你真的看錯了。如果獨角仙真的闖入屋內，那麼以這種找法也應該找得到了吧！你今天晚上是怎麼一回事啊？」

高橋苦笑的說道。廣田則搔頭思索。廣田並不認爲自己看到的怪物是幻覺，那個妖蟲的確進來了，而且一下子就像煙一樣的消失了。

廣田並沒有放棄，在書房裡到處找尋，突然之間，站在大桌子的前面一直看著桌上的信紙。

「咦！先生，這是你寫的嗎？」

廣田叫道。高橋走過來看著紙。

「不是我，我只把白紙放在這裡。」

「哦！看來是那個傢伙寫的。」

紙上用潦草的幾個大字寫著以下的內容：

今晚被你們發現，我只好回去了。但是，我一定會再來擄走賢二的。

此外，還在句子下面像小孩畫漫畫似的，畫了一隻黑色的獨角仙。

「壯一，這是不是你在惡作劇？」

高橋看著壯一少年，把信紙拿給他看。

「沒有，我和阿賢沒有寫這樣的東西啊！」

「是不是青木呢？是不是青木寫的？」

高橋看著四周，並沒有發現書生青木。

「青木，青木。」

高橋大叫著，壯一和賢二也大聲叫喊。

「青木……」

這時從遠處傳來「來啦」的聲音，聽到叭噠叭噠有人跑下樓梯的聲音。青木雙手揉著眼睛，跑了過來。

看到大家在這麼晚的時候聚集在書房裡，他愕然的看著大家。

「青木，你到哪裡去了？」

「我在自己的房間裡睡覺啊！」

「什麼？睡覺？你說什麼？你剛才不是還在書房裡找書，才從書房裡走出去的嗎？」

「沒有啊，我沒有到書房，我在自己的房間裡睡覺啊！」

「你該不會是睡著了在夢遊吧？」

「不可能，從來沒有發生過這種事情。」

哇！事情愈來愈奇怪了。如果青木在睡覺，那麼，先前從書房裡離開的是什麼人呢？難道是和青木長得一模一樣的另一個人嗎？

各位讀者，請你仔細想想。相信聰明的讀者已經解開這個謎團了。

我們不必在這個問題上打轉了，因爲這是可以解開的謎團。過一會兒之後再來解開這個謎團吧！

陷阱

高橋先生立刻打電話給警政署的搜查課，通知他們這件奇怪的事情。搜查第一課的中村警官和他的交情不錯。

這天晚上，中村警官帶了幾名刑警過來調查，但是，並沒有發現任何線索。書生青木也被嚴格的調查，後來發現他的確是在自己的房間裡睡覺，並不是說謊。

那麼，另外一個青木到底是誰呢？就連中村警官也無從想像。

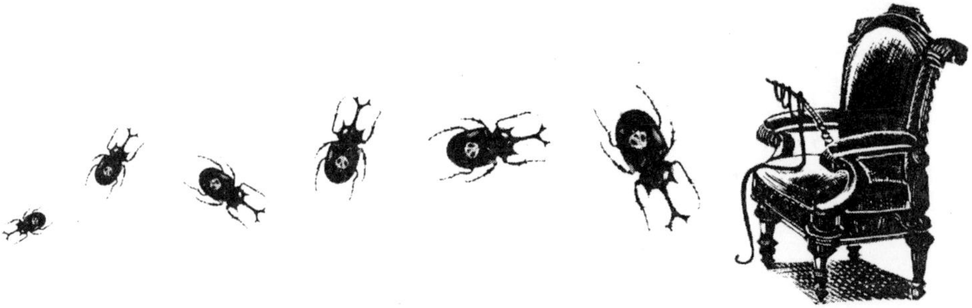

在中村警官的幫忙之下，這天晚上派了幾名刑警在高橋家的周圍看守。賢二少年暫時向學校請假，待在家裡。

對方是個像妖怪一樣的傢伙，可不能夠掉以輕心。

在事件發生後的第二天下午，壯一少年從學校回來，到爸爸的房間，去和爸爸商量。

「爸爸，我想這個事件應該還是要拜託明智小五郎偵探。雖然中村警官很厲害，但是明智偵探更厲害。」

爸爸想了一會兒之後說道：

「嗯！這樣也好。那麼，我就打電話到明智事務所去問一下。派廣田去好了，廣田比我們更了解詳情。」

說完之後就趕緊打電話，正好明智偵探在事務所，並與偵探約好下午四點左右前去拜訪。

依照約定的時間，廣田乘車到了千代田區的明智偵探事務所。按了玄關的門鈴，一名青年前來開門。廣田自我介紹之後，這名青年說：

「我知道，我們已經在等你了。請跟我來。」

說完就走在前面。

「廣田先生，你要小心一點哦！我們老師今天很不高興，先前一直躲在書房裡，就算端茶過去，也不讓我進去呢！」

提醒他注意。

「我聽說有一個很有名的助手小林，你不是小林吧？」

「小林啊！他今天不在，被派到遠處去了。老師的夫人和傭人也出門了，現在只有我和老師兩個人。我是最近才成爲老師助手的近田，我也是名偵探哦。」

這名青年很會說話。

來到書房前面，助手輕輕敲門，大聲的說道：「高橋先生派的人來了。」

這時門打開了一條縫隙，露出了明智偵探蓬鬆的頭髮。他看了一下門外的情景，說道：

「讓他進來。近田，沒有按鈴叫你的話，你就到別的地方去，不要靠近。」

聲音聽起來還是很不高興。

走進裡面一看，和照片上的人一模一樣的明智偵探，今天穿著黑色西裝站在那裡。明智等到廣田進入房間後，把門關上，並且上鎖，然後繞到大辦公桌對面的椅子上。他並沒有對客人說「請坐」，只是默默的向客人這邊瞪視著。

廣田很有禮貌的鞠了躬之後，戰戰兢兢的坐在辦公桌前的椅子上。

「有什麼事啊？」

和平常總是面露微笑的明智不同，他板著一張苦瓜臉問道。

「在電話裡無法詳細說明，事實上要說的是，最近在報紙上令人相當震撼的妖蟲事件。」

提到妖蟲事件，原本以爲明智偵探會很驚訝，但是，他並沒有表現出訝異的樣子。

「哦！然後呢？」

只是催促對方繼續說下去。

於是廣田開始詳細說明昨天晚上發生的事情。明智不管聽到什麼，似乎都不感到驚訝，一直面無表情的聽著。

「最重要的是保護賢二，當然，如果能夠抓到壞人就更好了。你覺得怎麼樣？能不能接受委託調查這個事件呢？」

廣田說到這裡暫時停了下來，等待對方的回答。但是，明智仍舊只是看著他，什麼也沒說，令人不知所措。

「怎麼樣？先生，希望你能夠答應。」

「你是來拜託我這件事嗎？」

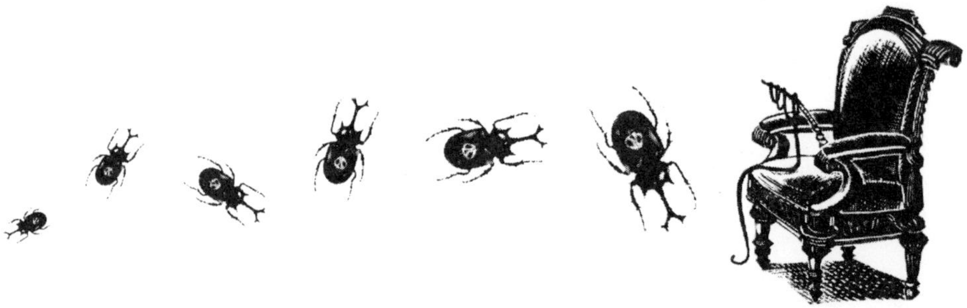

明智的眼光突然改變，連聲音都變得不一樣了。廣田看著對方，覺得明智說的話很奇怪。

「你在問我嗎？你到底知不知道自己是在和誰說話呢？」

「當然是在和先生說話，我就是專程前來拜託這個事件的。」

「你說的先生是誰啊？」

「是明智小五郎先生啊！」

廣田聽到對方問這麼愚蠢的問題，感到很不高興，因此，也提高了音量。

「哦，明智小五郎啊！你認爲我是明智小五郎嗎？」

廣田嚇了一跳，從椅子上站了起來。

「你不是明智先生嗎？」

「我看起來像明智嗎？」

「嗯，是啊！」

「哦，我看起來像明智啊！哈哈哈……，沒想到我真的很會喬裝改扮。哇哈哈哈……」

聽到這個笑聲，廣田突然發現到了一些事情。

「你就是那個妖蟲獨角仙的同類！」

「哈哈哈……的確如此，你滿聰明的嘛！」

「你要把我怎麼樣？」

「暫時把你抓起來。咦！你想逃啊？想逃也逃不了呀！對，就站在那裡吧！現在我就讓你見識一下明智偵探所發明的機關。明智偵探的確發明了好東西……」

話還沒說完就發生了可怕的事情。廣田腳下的地板突然在瞬間消失了，他的身體不斷的往下墜，感覺頭暈，不知道發生了什麼事情。突然之間，覺得背骨好像快要被撞斷似的，就這樣的昏倒了。

「哈哈哈……怎麼樣？待在洞裡面的感覺如何呢？你昨天發現了獨

角仙，引起了一陣騷動。如果沒有你，事情一定會進展得更順利的，這就是對你的懲罰。你就在那裡好好的睡一覺吧……」

突然聽到啪哆的聲音，接著有如墓穴一般的黑暗從四周侵襲過來。這是真正的明智偵探爲了抓住惡人而製造的陷阱。

假的明智偵探抓住了廣田，那麼，接下來他又要做什麼呢？

偵探七大道具

廣田在刹那之間掉到洞中，腰部受到撞擊，就這樣的暈了過去。不知道過了多久，他突然醒來，發現自己在一片黑暗當中，身體下面是硬的水泥地。

他忍耐著腰痛，稍微撐起身體，用手摸索周圍，但是，並沒有摸到任何東西。這是個很大的地下室。

廣田在黑暗裡覺得自己快要死了，害怕得全身不斷的發抖。他就好像被人用黑布矇住眼睛似的，覺得非常的暗。

不久之後，廣田突然發現了比死更可怕的事情。他發現地下室裡有東西，還聽到東西在移動的聲音，而且不斷的朝著自己接近。

廣田嚇得毛骨悚然，因爲他又想起了那個有骷髏臉的大獨角仙。難道那個可怕的獨角仙已經在一片漆黑的地下室裡等待廣田，想要加害於他嗎？

聽到清楚的「沙沙」聲朝這裡爬了過來。這個聲音愈來愈大，好像只距離一公尺遠了。

「是誰？是誰在那裡？」

廣田大聲叫喊，做出防禦的動作。

奇怪的是，怪物竟然用人類的話來回答。

「你是高橋家的廣田先生吧？是我，是我！」

「你是誰啊？」
廣田毫不鬆懈。他擺好架勢，準備對方撲過來時，可以和對方扭打。
「哇呼呼呼，我不是可怕的怪物，我是小林，明智偵探的少年助手小林。你摸摸看。」
廣田伸出手觸摸對方。手上的觸感彷彿是毛織的學生服。此外，還有金色的鈕釦。手再往上伸，摸到了好像少年一般的柔嫩的臉頰。
「哦！你是小林嗎？真的是小林嗎？不是假的？」
廣田因爲被假的明智偵探給騙了，所以現在要先問個清楚。
「不是假的。如果是假的，怎麼會被關在這個地下室呢？」
「哦！那麼你也是被壞人陷害，掉到這裡來的嗎？」
「是的。他真的很會喬裝改扮，連我都以爲他是真的明智老師，結果就掉落到這個陷阱了。」
「明智偵探事務所原本就有這個陷阱嗎？」

「是的。老師為了抓壞人，事先就建造了這個陷阱，結果沒想到卻反而被壞人給利用了。」

「那麼，真正的明智先生到哪裡去了？難道明智偵探也成為別人的俘虜了嗎？」

「他去旅行兩、三天，為了別的事情到大阪去了，預定今天回來。所以我才會被假的明智所騙。那傢伙的臉和老師一樣，而且又穿同樣的衣服，我以為他剛回來呢！」

「哦！連你都被騙，那麼，他真的很會喬裝改扮。但是，這個陷阱難道沒有逃走的路嗎？不能夠從這裡出去嗎？」

「沒有逃走的路。一旦掉進這裡，就萬事休矣。這裡距離天花板的高度有四公尺，又沒有梯子，不可能爬上去的。」

這時聽到了喀噹的聲音，天花板有光線透進來。兩人極力抬頭往上看，發現陷阱那塊四方形的板子被拉開了一點，有人探頭下來。

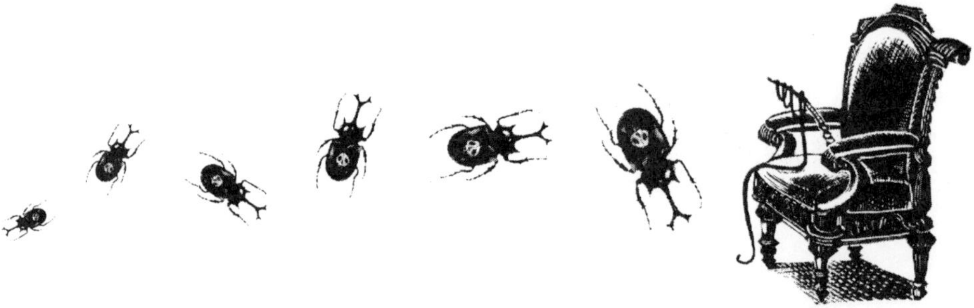

「哈哈哈……你們兩個人聊得很好嘛！怎麼樣？待在陷阱裡的感覺還不錯吧！」

探頭下來的，是先前的假明智。

「在這裡很舒服啊！非常涼快，而且還有廣田先生陪我說話，真是太棒了。」

「哈哈哈……你真是不服輸啊！但是你安心吧！我不會殺你們的。在這個事件還沒有結束之前，你們必須要忍耐兩、三天。我想，忍耐個兩、三天，應該不會死掉吧！」

「我們當然沒問題，但是你可要小心囉！明智老師就要回來了，到時候他一定會抓住你的。」

小林少年仍然不服輸。

「哇哈哈哈……隨便你怎麼說。我的工作才正要開始呢！明智先生可能已經來不及阻止了，……你們兩個就在黑暗中好好的聊天吧！我先

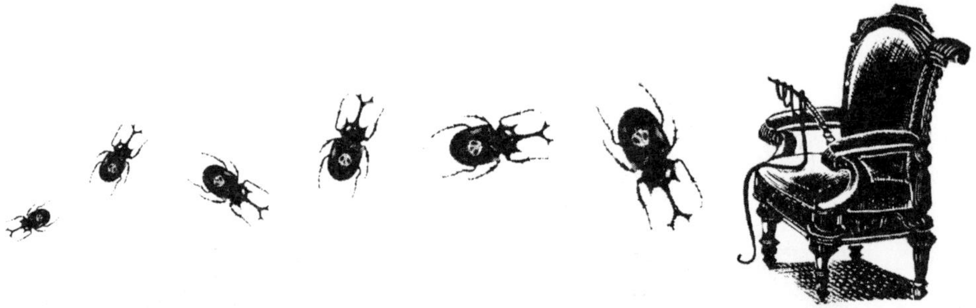

走一步了。」

啪咚！蓋上蓋子，鎖上卡鎖，地下室裡又恢復爲原來的黑暗。

「小林，那個傢伙可能會直接到高橋家擄走賢二少年，明智先生可能真的來不及了。想到這裡我就待不下去了。有沒有什麼辦法可以從這裡逃走呢？」

廣田非常擔心賢二少年的安全。

「雖然無路可逃，但是，還是可以從這裡出去。」

小林少年笑呵呵說道。

「咦！這是真的嗎？怎麼樣？怎麼樣出去？」

就在這個時候，小林的身體突然射出強光。原來是手電筒發出的光。

「啊！你有手電筒啊？」

「偵探七大道具當中當然有手電筒囉！你看，這是我的七大道具。不管什麼時候，我都會把這個像腰包一樣的小袋子裹在肚子上。」

小林從天鵝絨布製的袋子裡取出各種東西，排列在水泥地上，然後用手電筒照這些東西給廣田看。

排列在那裡的道具可不只七樣，大概有十來樣左右。

包括如手掌般大小的小型照相機、檢查指紋的道具、捲起來只有拳頭大小的用黑絲線做成的繩梯，還有附帶銼刀、鋸子的萬能刀，以及放大鏡和開鎖名人用的萬用鑰匙。此外，還有不知道用途的三十公分長的銀色粗筒。

小林少年手上拿著銀筒，說出奇怪的話：

「你知道這是什麼嗎?這是變魔術用的東西，我的魔法杖。只要有這個和繩梯，我們一定能從這樣的小洞逃走的。」

廣田青年從小林手中拿起手電筒照向天花板，天花板高度四公尺。陷阱的板子被關得緊緊的，而且還用鐵栓栓住，避免它掉下來。四面的牆沒有可以攀爬的東西，即使有繩梯，也沒有可以鉤住繩梯的地方。

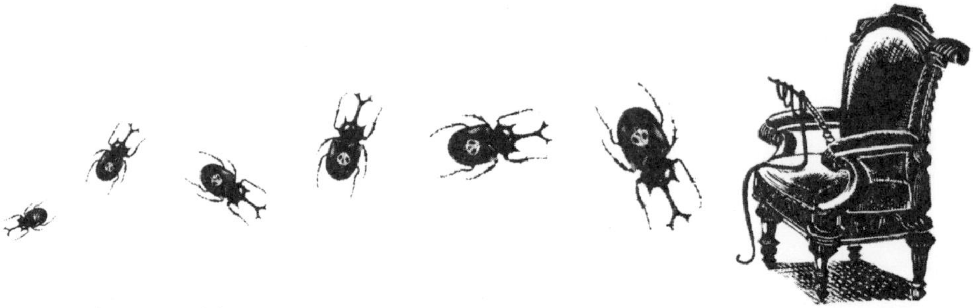

小林的魔術到底是什麼呢?僅僅三十公分的銀筒到底有什麼幫助呢?

駕駛座上的怪物

小林和廣田青年在地下室說話的時候，高橋家的玄關出現了一名前來拜訪的紳士，由另外一名書生青木接待他。

「我是明智小五郎。因爲你們派人去找我，所以我來打擾。」

客人如此的說道。

青木把這件事情告訴在裡面的主人。高橋先生非常高興，趕緊將自稱爲明智的這位紳士請到客廳。

「啊!你來的真好。我在報紙上看過你的照片，知道你的長相。你可能已經從我派去的人那裡聽到詳情了吧!獨角仙想要抓走我在讀小學四年級的兒子。希望藉先生的智慧救這個孩子。」

「這個我知道。派到我那裡去的書生應該已經回來了吧！能不能請他到這裡來。」

明智偵探悠閒的坐在沙發上，一邊點煙一邊說道。

「咦，沒有啊！書生廣田還沒有回來。他沒有和先生在一起嗎？」

「沒有，書生聽到我要親自前來，他很高興，就趕緊回來了。他是坐汽車回來的，怎麼還沒有到呢？真奇怪。」

高橋先生把青木叫來，詢問廣田的行蹤，知道他並沒有回來。

「真奇怪，會不會繞到其他地方去了呢？他真的比先生先行離開嗎？」

「是的，大概比我早三十分鐘離開的。就算坐電車也應該到了，難道……」

「你想說什麼？」

「也許被獨角仙怪獸團抓走了也不一定。大獨角仙溜進賢二的房間被廣田發現，或許牠想報復吧！」

連這麼堅強的廣田都輕而易舉的被抓住了，那麼，柔弱的賢二少年更不知道什麼時候會被抓走，高橋先生擔心極了。

「先生，如果廣田被抓，那麼，這件事情您絕對不能坐視不顧。您一定要幫助賢二。有沒有什麼好方法呢？」

「能不能把賢二叫到這裡來？」

高橋先生又召喚書生青木前來，要他把賢二帶到客廳。

「你是賢二少年嗎？叔叔已經來這裡了，所以沒有問題了。你到這裡來一下。」

明智微笑著向賢二少年招手。賢二走到他的身邊時，他準備把手搭在賢二的肩上。但是，當他的手一搭在賢二的肩膀上時，嚇了一跳，臉上露出嚴肅的表情。

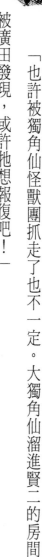

「賢二，你看看那裡，你的背上有什麼東西在爬？」

賢二少年一陣毛骨悚然，回頭一看，學生服的背後有一隻黑色大蟲正在那裡爬著。

「啊，骷髏圖案！」

書生青木放聲大叫。原來是有骷髏圖案的另外一隻獨角仙。

明智連忙用手把獨角仙拍掉。聽到喀噹的聲音，妖蟲掉落到地上，仰躺在那裡，毛絨絨的腳不斷的晃動著，然後突然翻個身，朝房間的角落跑去。

賢二少年和他的爸爸高橋先生，嚇得臉色大變。

「這是前兆，是那個傢伙要來的前兆。明智先生，不能再猶豫不決了，趕緊想點法子啊……」

高橋先生擔心可怕的大獨角仙會從窗子偷偷的爬進來，因此，一邊看著後面，一邊膽怯的說道：

「廣田還沒有回來，而且現在又看到了獨角仙，這件事情我當然不能置之不理。」

明智說完之後思索了一會兒，繼續說道：

「高橋先生，你在東京都內應該有親戚吧！讓賢二暫時住到那裡好了。剛好我的汽車就在門外等著。趁著別人不注意的時候，你和賢二兩個人趕緊坐上車子，我也跟你們一起上車，然後讓車子開到你指定的地方去。」

賢二待在家裡，高橋先生當然擔心，但是，要帶他去外面，又覺得很可怕。不過既然這是明智先生的建議，他也願意接受。於是高橋先生和妻子商量之後，決定讓賢二暫時寄住在下谷的親戚家。

書生青木先到門外張望，然後高橋先生和賢二及明智偵探立刻坐上門前的汽車。高橋先生小聲的說明行蹤之後，汽車立刻飛馳而去。

高橋先生從汽車的後窗看著路上，知道並沒有被跟蹤，而且後面也沒有汽車，認爲這樣應該就能夠安心了。

不久之後，高橋先生想要吸菸，他摸摸口袋，發現原本放在口袋裡的菸盒竟然不見了。賢二坐在中間，而坐在另一邊的明智偵探，似乎發現他想要抽菸，於是說道：

「高橋先生，要菸的話這裡有，請不要在意。」

給他的是西式的菸捲。

高橋先生喜歡抽菸，尤其最喜歡菸捲，於是拿過菸捲，點起菸來，開始一口接一口地抽著。

「怎麼樣？味道還不錯吧！對於菸方面我可是很講究的哦！」

「真是好菸，謝謝你。」

在奔馳中的汽車裡煙霧瀰漫，菸捲的前端漸漸的變成白灰。

車子開了五分鐘，高橋先生口中叼著的剩下一半的菸捲突然掉到座位下。坐在旁邊的賢二嚇了一跳，看著父親。父親忽然往後面的椅墊一

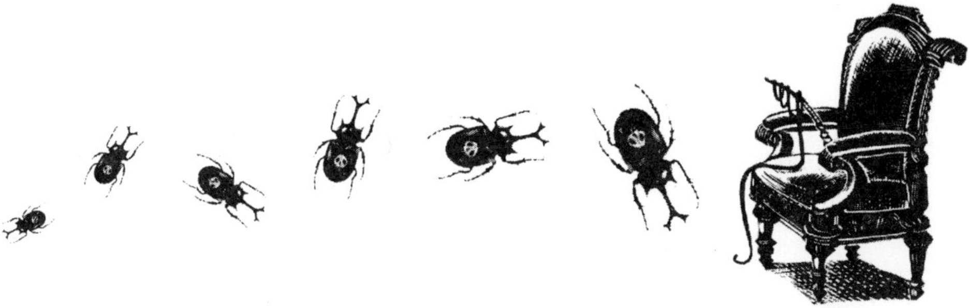

倒，鼾聲大作的睡著了。

「爸爸，爸爸。」

賢二拚命想要搖醒他，他卻醒不過來。這下可糟了，在這個時候怎麼可以睡著呢？一點也不像平常的爸爸。

「賢二，不管你再怎麼叫，爸爸都不會起來的。」

明智偵探用與先前不同的粗魯態度說話。

「爲什麼？爲什麼叫不醒他？」

賢二嚇了一跳，回問對方。

「因爲他抽了菸捲啊！那個菸捲裡面有麻醉藥。哈哈哈！」

「你是誰？叔叔，你是誰？」

賢二拚命的大叫。

「你不知道嗎？賢二，你看看前面。」

聽到這奇怪的話，他不禁看著前面的駕駛座。

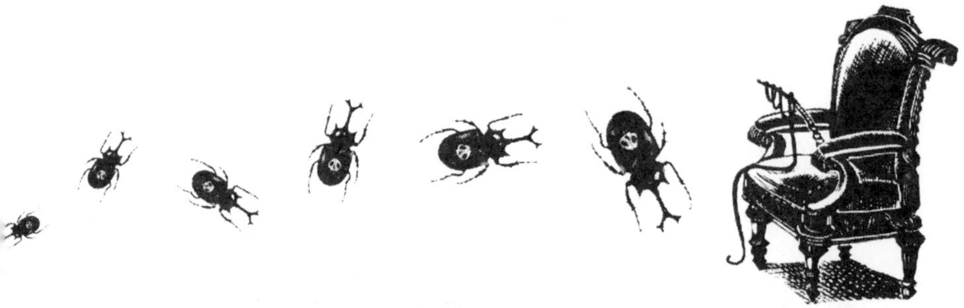

「啊……」

賢二發出驚恐的叫聲，抓著已經睡著的父親，把臉埋在父親的膝上。

的確有東西在駕駛座上，原來的司機變成了可怕的樣子。

竟然有長著可怕的長長大角，而且漆黑背部上的骷髏大臉正瞪視著自己。這輛汽車竟然是由可怕的妖蟲在駕駛。

那傢伙甩動長長的大角，回頭看著這邊，兩個大眼睛射出怪光，一直瞪著賢二看。

魔法杖

話題回到前面，也就是假明智偵探到高橋家拜訪之前的事。

當時在明智偵探事務所的地下室裡，因爲假偵探而被關起來的小林少年和高橋家的書生廣田，正在討論如何逃出地下室。

在一片漆黑的地下室地板上，排列著小林少年的七大偵探道具，廣田則拿著手電筒。

小林少年，從七大道具中拿起三十公分長的銀色筒子，說道：

「這是魔法杖，可以從僅僅三十公分的長度立刻拉長爲三公尺哦！」

「咦！真的嗎？」

廣田感到很驚訝。

「你看，已經拉長了吧！就好像魔術師的魔杖一樣。」

銀筒被揮舞一次，就增加了一倍的長度，再揮一次又增加一倍的長度，就這樣三倍、四倍、五倍、六倍，不斷的增長。就好像照相機三腳架的構造，銀筒中有較細的第二個筒，第二個筒裡面還有更細的第三個筒，如此共有十個筒被收在同一個筒裡，陸續拉長之後，就伸展成十倍的長度。

「你知道了吧！有了這根長棒，要逃離地下室並不是難事。」

小林少年站了起來，將銀色長棒伸向天花板陷阱的蓋子。

「請用手電筒照天花板。」

廣田依照他的吩咐，將手電筒照向天花板。在手電筒照射的光圈中，可以看到扣緊陷阱蓋子的卡鎖。

小林拉長身子，用長棒前端敲打這個卡鎖，終於把卡鎖弄鬆了。聽到啪噹的聲音，陷阱的蓋子往下落，露出了四方形的洞口。

小林將七大道具中的繩梯解開，再將其帶有鉤子的一端拋向天花板四方形的洞口，一下子就鉤住了洞口。繩梯的鉤子鉤住東西之後，就絕對不會鬆脫。

雖說是繩梯，但是，看起來並不是梯子的形狀，而是用堅固的幾十條黑線纏繞在一起，每隔四十公分就綁了一顆大珠子。

「讓我們掉落到這個陷阱的壞蛋可能已經離開了，上面應該沒有人。我先上去，廣田先生你隨後跟來。」

小林像隻猴子似的，以俐落的身手爬上繩梯。廣田的動作雖然不像小林那麼俐落，但是，最後終於也爬到上面的房間。

「那傢伙到哪裡去了呢？」

「當然是假扮成明智先生到高橋先生家去了，而且一定打算擄走賢二。好，我們快走吧！要是還在這裡磨蹭，恐怕賢二就要遭殃了。」

小林說著，就朝大門飛奔而去。

黑色小矮人

小林少年打算如何幫助賢二呢？這件事稍後再說。話題回到先前賢二被假明智擄走而在車上發生的事情。

賢二看到汽車駕駛上坐著和人類一樣的巨大獨角仙之後，就把整張臉埋在被麻醉藥迷昏的爸爸的膝上。而坐在一旁的假明智拍了拍賢二的

肩膀，說道：

「你怕什麼啊？仔細看一下，根本就沒什麼嘛！」

賢二聽到他這麼說，抬起頭來，戰戰兢兢的看著駕駛座。結果上面坐的是原來的駕駛。可怕的獨角仙好像消失了似的，不見蹤影。

難道剛才賢二看到的是幻影嗎？不，不可能是幻影，的確是獨角仙，而且是背上有骷髏臉圖案的可怕獨角仙。

獨角仙就好像會施魔法似的，藉著神奇的魔力，想出現就出現，想消失就消失。

在這段時間內，汽車一直往前開去。這時來到非常寂靜的道路，西邊望過去是一片森林。

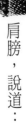

「好，就在這裡停車……」

假明智命令駕駛。聽到剎車的聲音，汽車突然停了下來。

「幫忙一下！把這位老爹扛到神社裡，讓他好好睡一覺吧！到了早上他自然就會醒過來。」

怪人說完之後，和駕駛兩個人將睡著的賢二的父親扛到車外，朝黑暗的森林中走去。

他們難道不怕賢二趁這個機會逃走嗎？這點不必擔心，因爲駕駛座旁還有另外一名助手。那傢伙一直用可怕的表情瞪視著賢二，賢二當然無法逃走。

這裡到底是什麼地方呢?汽車並沒有駛離東京，而且剛才假明智提到了「神社」，那麼，這裡應該是圍繞著神社的森林吧！在東京的都會區內的確有幾個像這樣的森林。

賢二的父親被放在社殿的長廊上。天氣並不冷，不必擔心感冒的問題，但是，賢二對於父親的狀況十分的擔心。

就在這個時候，汽車後方發生了奇怪的事情。

在一片黑暗中，什麼也看不清楚，不過行李廂的鐵蓋突然被打開了，

一個黑色的小矮人從裡面跳了出來。

這個黑色小矮人窩在汽車後輪胎旁，不知道在做些什麼，只聽到「嘶……」輪胎漏氣的聲音，接著輪胎就扁下去了。

接著，小矮人又像隻小松鼠似的跑來跑去，很快的繞到另一個後輪胎旁，然後再到兩個前輪胎旁，剎那之間四個輪胎都變成扁的。

後來才知道，這個小矮人拿著非常鋒利的大刀，朝著輪胎最薄的地方刺下去。輪胎被刺破之後，空氣漏了出來，於是汽車漸漸的往下沈。駕駛座上的助手說道：「咦！真奇怪。」打開車門，下車檢查。

助手在車外右側時，小矮人則繞到左側後窗邊，輕敲玻璃窗。

坐在裡面的賢二少年嚇了一跳，看著玻璃外。這時一名少年正笑臉迎人的看著他，好像是在對他說：「沒問題的，你安心吧！」

這名少年就是小林。他離開明智偵探事務所之後，立刻朝高橋先生家跑去。看到壞人的車子在大門外等待，於是就溜進車子後面的行李廂。

當壞人扛著賢二的父親到森林裡的神社時，他就戳破輪胎，讓汽車無法開動。不愧是少年名偵探小林。

小林少年在車窗外做出要賢二少年安心的手勢，然後就不知道跑到哪裡去了。

這時假明智和駕駛從森林中回來了。

「喂！你走來走去做什麼啊？」

助手喃喃自語，還在觀察汽車四周，聽到假明智的叫喚後說道：

「我也不知道啊！四個輪胎都爆胎了。」

「什麼？四個輪胎都爆胎了？怎麼可能？仔細檢查一下，是不是在做夢啊！」

假明智叫道，同時掏出手電筒來檢查輪胎，隨即驚訝的大叫：

「輪胎被刀子刺破了！喂，有誰躲在這裡呀！刺破輪胎，車子就動不了了，難道你不曉得發生了什麼事嗎？」

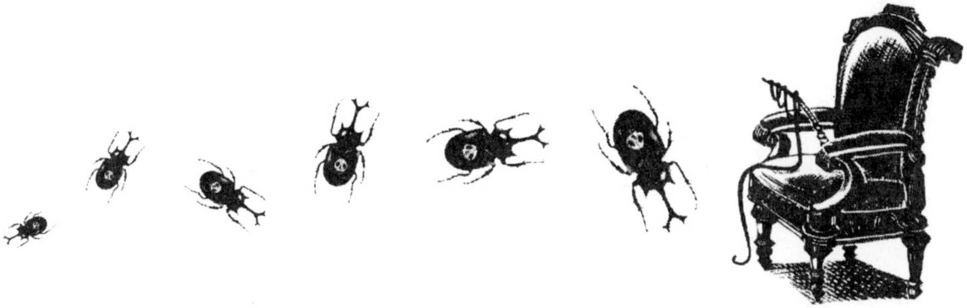

假明智責怪助手。助手側頭想著，用含糊不清的聲音說道：

「聽你這麼說，我才想到先前好像看到一個小矮人的傢伙朝那裡跑去。因爲天太黑了，所以看不清楚……」

「什麼？小矮人？難道……」

壞人假明智很聰明，立刻就想到被關在地下室的小林少年。

「沒辦法，即使車子被破壞，也還是要繼續往前開。在這裡拖拖拉拉的，可能會發生嚴重的後果。」

假明智坐上後座，命令駕駛馬上開車。

「但是，車子可能開不遠。」

「沒關係，趕快出發吧！」

汽車發出喀咚喀咚的奇怪聲音開動了。前進不到一百公尺，假明智突然大叫：

「停車！停車！你看，對面轉角有奇怪的傢伙，那是誰啊？」

在街道轉角昏暗的街燈下，出現了一些人影，走在前面的是一個小孩子，跟在後面的則是穿著制服的警察，一個、兩個、三個，跟在後面的人很多。雖然在遠處看不清楚，但是帶頭的應該是小林少年。

「糟糕！不要管這個孩子了，趕快逃吧！向後退，逃到森林裡，從那裡繞到別的街道，不可以讓那邊的人發現！」

假明智在汽車停下來之後，和駕駛及助手三人如旋風般的逃走了。

不久之後，警察的隊伍在小林少年的帶領之下，跑到了汽車停下來的地方。

「賢二，你不要緊吧！」

小林少年看著車窗裡的人叫道。賢二少年雖然沒有看到小林，但是知道是自己的同志，於是趕緊跳出車外，手指著後方說道：

「逃走了，三個人都逃到森林裡去了。」

兩名少年和警察們一起跑到有神社的森林中，但是，再怎麼搜索也

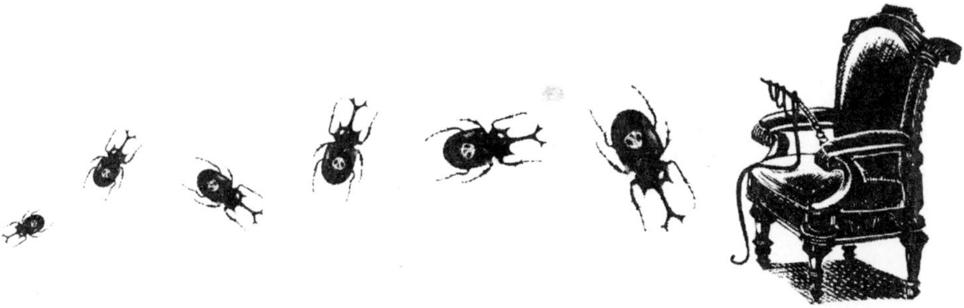

找不到壞人。不過幸好發現了賢二的父親，使他平安無事的獲救了。

小林少年用他的智慧救出了賢二，賢二的爸爸也平安無事。雖然壞人逃走了，但是，並沒有讓壞人得逞。

麻醉藥退了的父親醒來之後，知道事情的始末，不斷的稱讚小林少年，一再的向他道謝。

圓形大樓的妖蟲

鐵塔王國的怪人，並不會因爲失敗一次就放棄。他愈是失敗就愈執著，是個可怕的惡人。

一週之後的某個早上，東京車站前的圓形大樓，發生了駭人聽聞的事件。

早上六點剛過，公司職員都還沒有來上班，一樓通道兩側的商店也還沒有開始營業。偌大的建築物有如一座死城，非常的安靜。

在沒有人煙的一樓廣大通道上，一名像是事務員的老人，拿著掃帚和水桶走到通往二樓的樓梯時，突然抬頭看到樓梯上面的情形，剎時之間好像觸電一樣，眼睛瞪得大大的，嘴巴開開的，呆立在那裡無法動彈，臉色蒼白，有如人偶一般。

這也是無可厚非的事情，誰想得到樓梯上竟然有可怕的妖怪在爬行。一隻像人一般大小的黑色獨角仙，眼睛像汽車車頭燈般的閃耀著光芒，而且甩動著尖而長的大角，正慢慢的爬下樓梯。

這隻妖蟲的身體太過於龐大，讓人覺得很可怕。牠正以笨拙的爬行方式爬下樓梯。

爬了兩、三階，突然腳一滑，大獨角仙甚至沒有停下來的力氣，就這樣的滾落到樓梯下。一下子就滾到呆立在原地的事務員前面。

「哇……」

事務員驚聲尖叫，跌坐在地。

雖然大樓中看起來好像沒有人，但是，其實陸陸續續的已經有人來了。聽到叫聲，打掃的婦人以及公司職員，三三兩兩的不知從哪裡跑了過來。

這些人看到倒在地上的異樣怪物，嚇得臉色蒼白，呆立在那裡。

巨大的獨角仙從樓梯上滾下來，背部朝下仰躺著。即使是小的獨角仙，一旦仰躺之後也很難再站起來。

這麼大的傢伙當然也無法立刻站起來。牠露出難看的腹部、長長的腳，不斷的舞動著，似乎很痛苦。

但是，這痛苦的樣子卻又很可怕。平常看到的是光滑的背部，如今看到的卻是皺而扁的腹部，實在很難看，而且讓人覺得毛骨悚然。

就在這個時候，發生了不可思議的事情。妖蟲的腹部突然裂開了，裂縫愈來愈大，愈來愈大……啊！有東西從裡面鑽了出來。

原來是有著一張蘋果臉的少年。在大獨角仙的肚子裡竟然裝著人類。這個少年就這樣的剖開獨角仙的腹部，出現在驚訝的眾人面前。

小林少年的危險遭遇

「怎麼會有小孩在裡面呢？」

大家原本只看到怪物，誰知道現在又出現一名少年，大家的驚訝也頓時變成迷團。

少年從獨角仙的腹部爬出來，軟弱無力的倒在當場，於是大家忙著攙扶他，並且檢查獨角仙的身體。

那並不是真正的蟲，而是以皮革串連薄片金屬製造出來的。裡面空無一物。少年就被裝在裡面。

「幹嘛這樣嚇人啊？你爲什麼要這樣惡作劇？你是從哪裡拿到這個

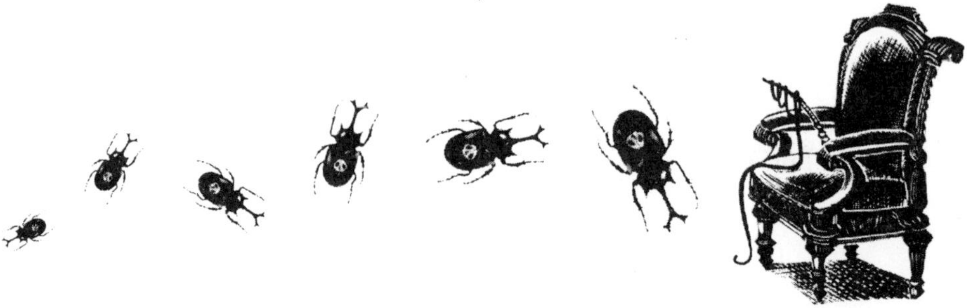

好像妖怪一樣的獨角仙的道具呢？」

一名公司職員一邊攙扶少年，一邊又好像在責罵他似的問道。

少年跌下樓梯的時候，似乎撞到身體的某處，痛得臉扭成一團，回答道：

「我才沒有惡作劇呢！我是被壞蛋關在這個獨角仙裡面的。」

「壞蛋？」

「是啊！鐵塔王國的怪人。」

聽到他這麼說，眾人互相對望。報紙上已經報導了鐵塔王國這個神奇怪獸團的事情，因此，大家都知道事情的始末。

「那麼，在半夜裡走在銀座大街的獨角仙，就是假扮成這個樣子的嗎？裡面真的有人在活動嗎？」

「也許是，也許不是。那些傢伙好像會變魔術似的，不知道在做些什麼。我會被關在這個東西裡面而丟在大樓裡是有原因的。不管是真的還是假扮的獨角仙，都不能夠掉以輕心。」

「你爲什麼會遇到這樣的事情？」

「報紙也提過了，獨角仙怪獸團想要將少年高橋賢二擄到山中的鐵塔國去，結果這件事情被我破壞，因此，他們想對我進行報復。

昨天晚上走在巷子裡的時候，不知道是誰從身後抓住了我，用麻醉藥捂住我的口鼻。大概就是在我昏倒的時候，讓我穿上這身獨角仙的裝扮，把我扔到這個圓形大樓中。

今天早上醒來，才發現自己被關在獨角仙的鎧甲裡，而且被丟在二樓的走廊。獨角仙的眼睛裝有玻璃，所以，可以看到外面的情景。我知道這是在大樓裡，但是，再怎麼叫也沒有人聽到。我想也許下了樓就會遇到別人，因此打算下樓。可是穿著這麼笨重的鎧甲，實在無法順利的下樓，結果腳一滑就跌下來了。」

「哦！這麼說來，對方並不是真的要報復你囉！如果你不下樓，一

直待在那裡，那麼時間到了，就會有人到二樓的公司上班，到時候一定能夠救出你的。這麼說來，你一個晚上都穿著獨角仙的鎧甲囉？」

一名年長的公司職員，以懷疑的口吻問道。

這時少年面露懊惱的神情說道：

「這對我而言確實是很嚴重的報復，因爲我的名譽嚴重受損了。」

「你的名譽？難道你是名聲很高的人嗎？」

「是的，我是少年名偵探，連壞蛋都怕我呢！竟然遇到這麼難爲情的事情，我根本沒臉見老師。」

少年真的非常懊惱。

「老師？你說的老師難道是……」

「是的，就是明智小五郎老師。老師正在外地旅行，沒想到他不在的時候，我竟然遇到這麼丟臉的事情。」

「那麼，你就是那個著名的少年助手……」

「我是小林……各位，我一定要抓住那個傢伙讓你們瞧瞧。我會和明智老師一起消滅這個怪獸團，你們看著吧！我一定會做到的，我一定要收拾讓我遭遇到這種事情的傢伙！」

知道他是小林少年時，大家都很驚訝的看著這個從甲殼裡爬出來的可愛孩子。聽到他是明智偵探的左右手——少年名偵探，眾人更是趕緊趨身幫他。

「是嗎？你就是那個著名的小林，那麼，請到我的辦公室來吧！打電話和警察聯絡一下。」

年長的公司職員牽著小林的手，把他帶到自己公司的接待室去。

偷窺箱老爺爺

怪獸團令人害怕的惡作劇不僅於此。當天傍晚，少年高橋賢二家中

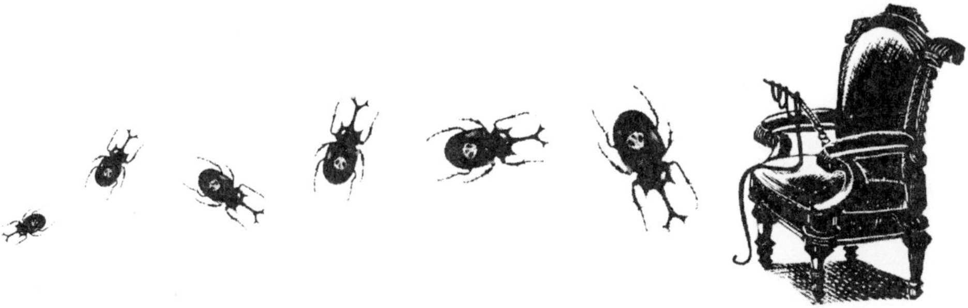

也發生了可怕的事情。可怕的魔爪，又伸向了一週前才被小林少年救出的賢二身上。

這天過了中午之後，賢二在哥哥壯一的陪同之下出門。這時，街道轉角有個拖著怪異箱車的白鬍子老爺爺在那兒等著。

他就是這個故事開始時出現的奇妙的白鬍子老爺爺，此刻他還是拉著裝著偷窺箱的車子。而遇到這個老爺爺，就是這一天發生可怕事件的前兆。

留著長長的白鬍子、穿著花俏條紋西服的老爺爺，看到兩名少年出來時，微笑著對他們招手。

「來，你們到這裡來。從這個偷窺孔可以看到裡面的情景，會看到很不可思議的東西喲！」

兩名少年頭一次見到這個老爺爺，不疑有他的走到廂車旁，各自把眼睛對準偷窺孔。

箱子裡有個用石頭堆積起來的陰沈沈的大房間，就好像西方古老城堡一般的感覺，而且非常的大，看起來就像真正的房間一樣。

由於偷窺孔安裝了透鏡，因此，小模型可以放大幾百倍。

「你們知道這是哪裡嗎？這就是在日本某個山中的鐵塔王國的城內。再看一下，等一下就會發生有趣的事情哦！」

老爺爺用溫柔的聲音說道。

在石屋一邊的入口，有黑蟲般的東西爬了出來，不光是一隻而已，陸陸續續爬出了十幾隻，原來是獨角仙。背上都有白色的圖案，仔細一看，就是教人毛骨悚然的骷髏臉。

壯一和賢二都嚇了一跳，想要把眼睛移開偷窺孔。但是，不知道怎麼回事，脖子不能動了，眼睛也無法移開。原來兩個人的頭被老爺爺的大手按住了。

「忍耐一點，繼續看下去。沒什麼好怕的，獨角仙在箱子裡走不出

來，等一下會看到有趣的事情哦！」

老爺爺使出可怕的力量，按住兩名少年的頭，但是，聲音還是非常溫柔。

藉著透鏡的作用，獨角仙看起來就像人一樣大，而且一次爬出來十幾隻，實在非常可觀。

兄弟倆雖然害怕，但是又很想看，因此，在被老爺爺按住頭的情況之下，並沒有把眼睛閉上，而是睜著眼睛在看。

眾多獨角仙中的一隻，突然翻了過來，腹部朝上，一直在掙扎。賢二兄弟可能不知道，這個情景就和同一天早上在圓形大樓裡裝著小林的大獨角仙翻過來的情況一模一樣。

終於，透鏡裡的獨角仙的肚子裂成兩半，一名少年從裡面爬了出來。再仔細的看，十幾隻獨角仙陸陸續續的翻過身來，肚子裂開，各自爬出可愛的少年。這些少年排著隊，在石屋中穿梭打轉。

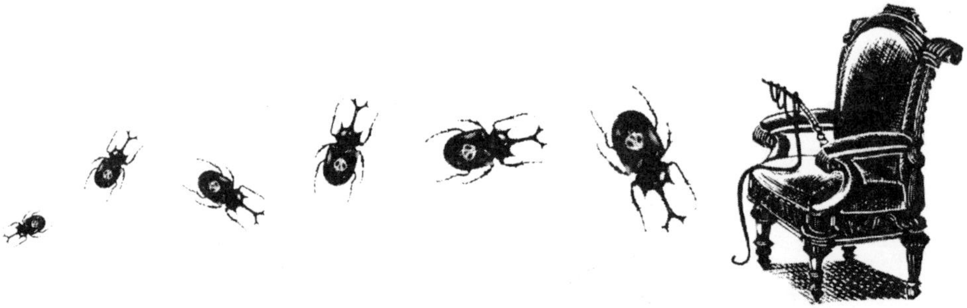

「怎麼樣？很有趣吧！這就是鐵塔王國的獨角仙少年隊。賢二，不久之後你也會加入這個少年隊，穿上獨角仙的鎧甲接受訓練哦！哇哈哈哈……」

老爺爺的白鬍鬚飄動著，裂開大嘴的笑著，放開了按在賢二兄弟頭部的手。

恢復自由之後，他們抬頭看著老爺爺。臉上佈滿皺紋的老爺爺裂開大嘴，露出紅色的舌頭，一直在笑。那張臉看起來就好像是童話故事裡的巫婆一樣。

兩名少年覺得背脊發涼，趕緊跑回家去。從身後還可以聽到老爺爺的笑聲，令他們嚇得幾乎昏倒，不過還是回到了家中。

驚魂甫定的兄弟倆，上氣不接下氣的說出剛才發生的事情，於是爸爸和書生們趕緊跑到巷口，但是，那個奇怪的老爺爺和箱車，卻已經消失得無影無蹤了。

賢二他們看到的是幻像嗎？還是老爺爺真的會施魔法呢？

可疑的空殼

這天傍晚，賢二少年要去找在二樓壁櫥裡的昆蟲標本盒，通過二樓的大廳外面，從玻璃門外往裡一瞥，竟然看到奇怪的東西。

這是十五個榻榻米大的日式房間，平常用不到的一側安裝了套窗。在這日落黃昏的時刻，大廳微暗，雖然看不清楚東西的形狀，但是，的確看到有大而黑的東西躺在壁龕上。

書生青木怪怪的，有時候會做一些怪事，例如，躲在二樓空無一人的大廳睡午覺。賢二心想，也許是青木睡在壁龕上，於是童心未泯，想悄悄過去「哇」的嚇他一大跳。

賢二無聲無息的拉開玻璃門，躡手躡足的朝著微暗的壁龕走去。

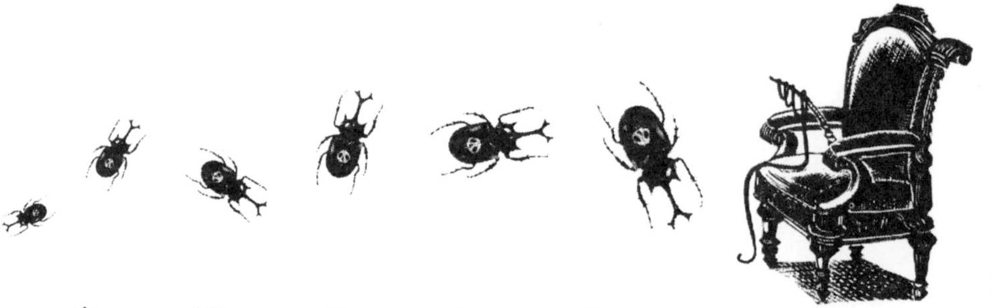

當賢二接近原本看不清楚的黑色大東西時，終於慢慢的看清楚那是什麼東西了。結果如何呢?賢二嚇得呆立在那裡，根本無法動彈，心跳似乎突然停止，冒出一身冷汗。

啊!原來是可怕的巨大妖蟲趴在那裡。牠用好像汽車車頭燈般的眼睛看著賢二，擺出好像隨時都會飛撲過來的姿勢。

賢二待在那裡和怪物互相瞪視，就算想逃，身體也無法動彈，深怕自己一動，怪物就會飛撲過來。

雙方互瞪良久，但是，妖蟲並沒有移動的意思，似乎在等待賢二驚恐掉頭逃跑。

要這麼做實在需要些勇氣，賢二終於鼓起勇氣，頭也不回的跑出房間，連滾帶爬的跑下樓梯，「哇」的哭了出來。

「怎麼回事?怎麼回事?」大家都聚集在他的身邊。聽到獨角仙又出現了，而且在很奇怪的地方，爸爸並不相信。雖然賢二一直說「好可怕哦！好可怕哦！」但爸爸擔心他頭腦是不是不清楚了。不過爲了謹慎起見，還是帶了兩名書生前去檢查二樓的大廳。

三人進入大廳，發現壁龕裡真的有奇怪的東西。

「喂！開燈。」

一名書生按下開關，啪的整個房間亮了起來。三個人突然不約而同「哇」的大叫，跳向走廊。巨大的獨角仙的確趴在那裡。

怪物就好像被放在壁龕上的擺飾一樣，一動也不動。雖然大家站在那裡，牠也沒有飛撲過來。

「真奇怪，難道牠死了嗎？」

書生廣田，雙手抓緊擺在走廊防雨套窗處的長棒，勇敢的回到大廳裡，想要和妖蟲單打獨鬥。

廣田謹慎的慢慢接近怪物，掄起棒子揮了過去。

怪物的身體好像抖動了一下，但是，除此之外並沒有其他的動作，

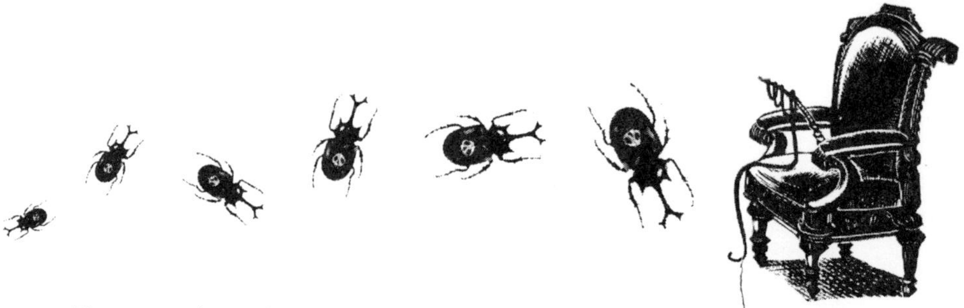

而且棒子打下去的手感也很奇怪，就好像是打中了撐開的洋傘一樣。

廣田鼓起勇氣，一隻手拿著棒子跳上了壁龕，一隻手抓住怪物的背部搖動了一下，突然發出驚叫聲。

「這是什麼東西？空殼嗎？先生，這裡面是空的！」

聽到他這麼說，高橋先生和書生青木也走進房間。

「是空的？」

「嗯！就好像蟬脫殼之後的空殼，而且這也不是真的獨角仙，只是用塑膠做出來的假貨。」

三人仔細檢查，發現原來是用粗的鐵絲，像是製作籃子似的組合起來，然後再罩上黑色的塑膠，有頭和尾巴，稍微按壓一下，還可以略微摺疊起來呢！

不過，和這天早上小林少年被關起來的鎧甲有點不同。也許怪獸團擁有很多這類的東西。

「爲什麼這個東西會被放在壁龕上呢？難道只是威脅嗎？」

書生青木很懷疑的說道。高橋先生想了一會兒，很擔心的說道：

「不，不是威脅。怪獸團的傢伙真的闖入屋內了，而且在這裡脫掉外殼，躲在家中的某處。這當然是爲了擄走賢二。喔！立刻打電話到警政署，請中村警官來。」

這時廣田又驚聲尖叫：

「啊！有一張紙片壓在獨角仙的肚子下面。」

打開紙片一看，上面用鉛筆寫著以下可怕的句子。

今天晚上會來帶走賢二。這次絕對不再出錯了。快點通知警察吧！但是這也沒什麼用。我們一定會給你們好看的。

句子的結尾，畫著黑色獨角仙的圖案。

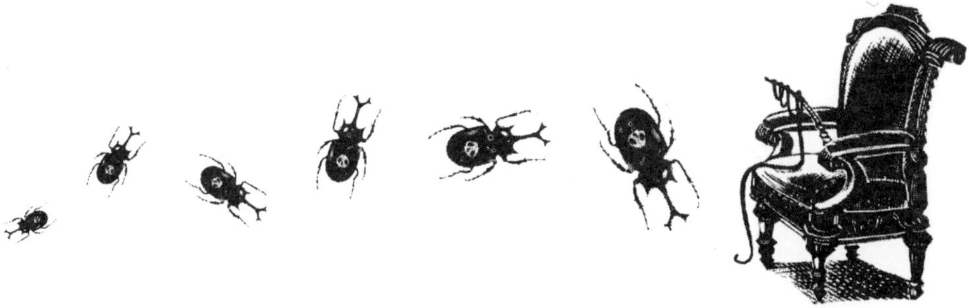

三個人趕緊跑到樓下。廣田負責保護賢二，青木則跑到電話室，打電話給搜查課的中村警官。

中村警官接電話之後，高橋先生接過聽筒，說明發現獨角仙空殼的事情，以及怪獸團的通知信函。

高橋先生認爲怪人就躲在家中，而實情真的是這樣嗎？怪人的通知信上寫著「快點通知警察吧！」如果真的躲在家中，那麼警察一來，他不就會被抓走了嗎？

怪人到底在想著什麼樣的計謀呢？壁龕上的空殼，到底有什麼用意呢？

不久之後，中村警官就會率領警察隊來到這裡，到時候將會面臨可怕的鬥智場面，屆時眾人就會領教到怪獸團出乎意料之外的魔術了。

四名警察

中村警官聽到高橋先生說的話，感到非常驚訝，答應立刻派四名警察和刑警前往，自己也會在稍後到達。

不久之後天就黑了，屋外一片黑暗。門外傳來汽車停下來的聲音，兩名穿著制服的警察和兩名便衣刑警走了進來。

一名便衣刑警中掏出名片，上面印著副警官正木信三。

四人聽了高橋先生述說詳情之後，從二樓大廳開始，仔細檢查了整個屋子及庭院的各個角落，但是，都沒有發現可疑的人物。

「後院有奇怪的腳印，不是人類的腳印，好像是大獨角仙留下的可怕腳印。還有沿著梯子爬上二樓屋頂的痕跡，因為庭院裡的土出現了兩個深陷的凹洞。那傢伙從這裡爬到二樓去了，梯子可能是被某個人搬回

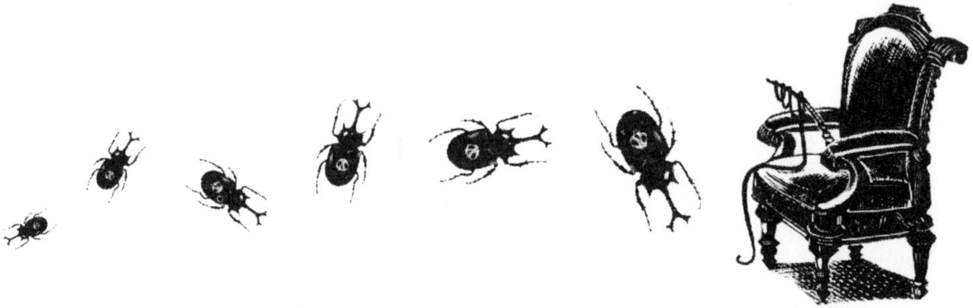

原來的地方去了，也就是說，他有同黨。不過，還是留下了腳印。這個可疑的傢伙並沒有躲在任何的地方，大概是知道我們要來，已經逃走了吧！」

正木副警官和三名手下一起回到客廳，向主人高橋報告。

「但是，最好把家裡所有的人集合在這裡，爲了謹慎起見，要詢問每一個人。」

於是，家裡面所有的人全都聚集在客廳，包括主人高橋、賢二就讀中學的哥哥壯一、書生廣田和青木，以及傭人等。

「這是你們家裡全部的人嗎？」

正木副警官看著一行人問道。

「不，另外還有三個人。賢二因爲看到獨角仙而發燒了，因此，在屋裡休息。我的妻子和一名傭人正在照顧他。」

「是嗎？那麼，我去詢問賢二好了。」

副警官說著，以眼神向一旁的手下示意。兩名便衣刑警和穿制服的警察趕緊到賢二的房間去。

他們離開之後，正木副警官從口袋裡掏出手冊，一一詢問客廳裡的人。但是，除了先前就知道的事情之外，並沒有問出什麼新的線索。

這時，剛才離開的穿著制服的警察和便衣刑警中的兩人，扛著大獨角仙的空殼回來了。

「這是證物，我們想要帶回警政署……」

「好，放到汽車裡去吧！賢二怎麼樣？」

「沒什麼問題，他只是到二樓去的時候，看到大廳出現那個傢伙，嚇了一跳，趕緊跑下來，在此之間，並沒有看到什麼可疑的東西。」

聽了幾名警察的報告，正木副警官對主人高橋先生說道：

「我們的調查告一段落。並沒有任何人藏匿在您的宅邸裡，所以不用擔心。不過，那些是會變魔術的傢伙，所以，還是要小心謹慎一點。

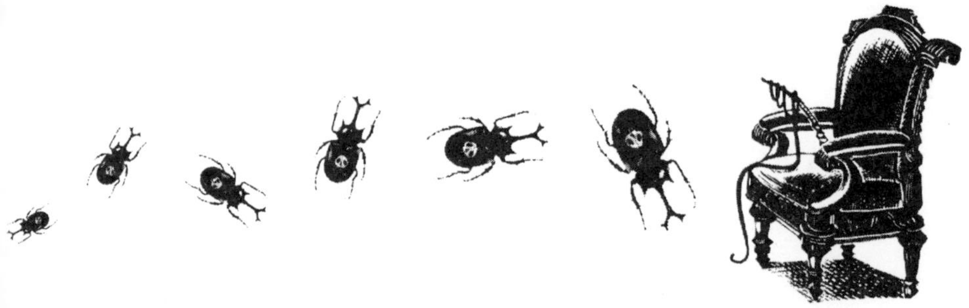

我們要到圍牆外及附近調查，也會派人在正門和側門看守。關於賢二，記住一定要派人跟隨著他，絕對不能讓他自己一個人獨處。那麼，我先告辭了。」

副警官率領手下走出客廳，高橋先生送他們到玄關。看著兩名警察扛著大獨角仙的空殼，把它塞進汽車裡，同時對駕駛做了一些指示。汽車並沒有等警察坐進去就開走了。

高橋從玄關回來時，很擔心正在發燒的賢二，於是趕緊到他的房間，想要安慰受到驚嚇的兒子。推開紙門，高橋不禁「啊」的大叫一聲，呆立在當場。

原來傭人昏倒，滾落在地，額頭流著血。高橋夫人的手腳被捆綁，嘴巴被東西塞住，倒在地上。賢二的被褥裡空無一物，人不知道到哪裡去了。

「喂！來人哪！快來人哪！」

高橋先生跑到走廊高聲大叫，兩名書生連忙跑了過來。

「警察就在這附近，趕快把他們叫回來。賢二被抓走了！」

書生跑去叫警察的時候，高橋先生跑到電話室想要打電話到警政署。但是，不管再怎麼撥號，電話都打不出去，耳朵貼著聽筒，卻聽不到任何聲音。電話好像故障了。

高橋放棄打電話，跑到玄關，遇到從外面回來的書生。

「有沒有看到警察？」

「剛才不是說要在圍牆外巡邏嗎？但是並沒有看到人。問附近的人，也沒有人知道他們在哪裡。那些警察也許回去警政署了。」

「是嗎？那也沒辦法。我們的電話故障了，去借鄰居的電話通知警政署的中村警官，快點！」

書生廣田立刻往鄰居家的方向走去。高橋先生不想待在家裡等候，說道：「不，我也去看看。」於是跟在廣田的身後跑到鄰居家去了。借

用鄰居的電話，立刻接通了警政署。高橋抓起電話立刻說道：

「是搜查課嗎？中村警官在不在？我是高橋太一郎……。啊！中村先生，我是高橋，發生了大事！你派來的警察回去之後，賢二就忽然不見了。先前的騷動發生之後，他就因爲發燒躺而在房間裡睡覺，可是現在被子裡卻空無一人。」

這時中村警官卻說出一番奇怪的話：

「喂！你是高橋太一郎先生嗎？我聽不清楚你在說什麼，你說我派誰到你那裡去啊？」

「你在說什麼啊？我不是在一個小時前打電話拜託你嗎？你派了四名警察來呀！」

「等一等，太奇怪了，我並沒有接到你的電話啊！等一下，我問問看。……喂！我剛剛問了，搜查課說沒有派人到你那裡去。他們真的是從警政署派去的人嗎？」

「是的，兩名穿制服的警察和兩名便衣刑警。其中一人是副警官，他給我的名片上印的名字是正木信三。」

「咦！正木信三？高橋先生，這下可糟了，我這裡並沒有叫做正木信三的副警官啊！這四個警察也許是賊人喬裝改扮的。總之，我現在到你們家去一趟，詳情見面再說。」

「那麼，我等你，你快來哦！」

就這樣掛斷了電話。到底是怎麼一回事啊？

明智偵探登場

高橋先生回到家中，根本不明白到底發生了什麼事情。他的確在一個小時之前打電話通知了警政署。

當撥號接通之後，一名女接線生說道：「這是警政署。」難道那些

擁有魔法的犯人也能夠利用電話，將電話自動轉接嗎？這是不可能的事情。這是第一個疑點。

第二個疑點就是，他們是何時、如何擄走賢二的呢？就算來的是假警察，但是，四個人都在高橋的視線範圍內進進出出的，怎麼可能擄走賢二？

除了這四個人之外，難道還有其他人偷偷的躲在後院擄走賢二嗎？但是，這也不可能啊！從先前警察進入賢二的房間，到高橋進入賢二的房間爲止，這之間相距不到十分鐘。如果有人從後院溜進來，先打昏傭人，再綁住女主人，然後塞住賢二的嘴巴，也把他從窗口扛出去，再從後面的圍牆逃走……這麼多的事情，僅僅十分鐘的時間夠用嗎？圍牆外是道路，晚上也有人通過，掌握無人通過的一丁點時間翻越圍牆，這得花很多時間，一般人是辦不到的。

怎麼想都想不通，難道獨角仙怪人真的是魔術師嗎？如果不會變魔術，怎麼可能辦到這些事情呢？

高橋先生叫書生去請醫生來照顧昏倒的傭人，同時拿掉塞在賢二母親嘴裡的東西，解開繩子，讓她休息一會兒，然後詢問她當時的情況。

她說，突然之間有人從身後矇住她的眼睛，把她綁起來，因此，她什麼都不知道。等到傭人能說話的時候問她詳情，她也說一下子就被打昏了，根本不知道對方的裝扮。

處理完這些事情之後，也經過了一段時間。玄關的門鈴聲終於響起，聽到了中村警官的聲音。

書生請他到客廳，高橋先生進入客廳一看，除了中村警官之外，還有兩名穿著西裝的男子，其中一個似乎曾經看過，但卻想不起他是誰了。中村警官看到這個情形，於是加以介紹：

「你不知道嗎？這就是私家偵探明智小五郎先生。明智先生在處理與我們有關的事件，他到大阪去旅行了，事情順利處理完畢，今天回到

東京，來到警政署。我告訴他先前你打電話所說的事情，他認爲這是可怕的事件，也想來看看，因此就一起來了。這位是我們的刑警。」

「您是明智先生嗎？難怪我覺得好像見過你，我在報紙上看過你的照片。你知道獨角仙怪人的事情嗎？你不在的時候，那怪人假扮成你來到這裡，還把我和賢二騙上車，將我們載走。幸虧有你的助手小林少年的幫忙，才能夠平安無事。我一直在等著你回來呢！」

高橋先生高興的說道。明智笑容可掬的回答：

「小林打電話到大阪時，已經告訴我這件事情了。遇到這樣的人你大概很擔心，事實上我也想早點回來，可是因爲那裡有事情絆住了我，又延長了一週的時間。但是沒有關係，我一定會全力處理這個獨角仙事件，一定會幫你救回賢二的。」

「謝謝，這樣我就能夠安心了。」

高橋先生聽到名偵探深具自信的話，很高興的抬頭看著他。

「今天早上，小林在圓形大樓也遇到了悲慘的洩氣事情。小林覺得很難爲情，說他沒有臉見我，現在非常沮喪，所以，我一定要爲他復仇才行。」

濃眉大眼、高高的鼻子、面露微笑、緊抿著的嘴唇、著名的蓬亂頭髮，名偵探用手指著自己留有蓬亂頭髮的頭，以堅定的語氣說道。

高橋先生對明智偵探和中村警官，詳細說明這天晚上發生的事情。

「可是我真的撥了警政署的電話號碼，而且請搜查課接電話。沒想到那傢伙竟然假冒中村先生，真是不可思議。還有，那個傢伙是怎麼擄走賢二的？我真的完全想不通。這一點我想請教你們。」

兩個人對望一眼，中村警官側頭說道：

「關於電話的事情，我也覺得很不可思議。難道在搜查課有犯人的同黨，而且會模仿我的聲音嗎？我要仔細調查一下。接線生方面，並沒有人記得曾經接過高橋先生打給我的電話，也就是說，雖然你撥的是警

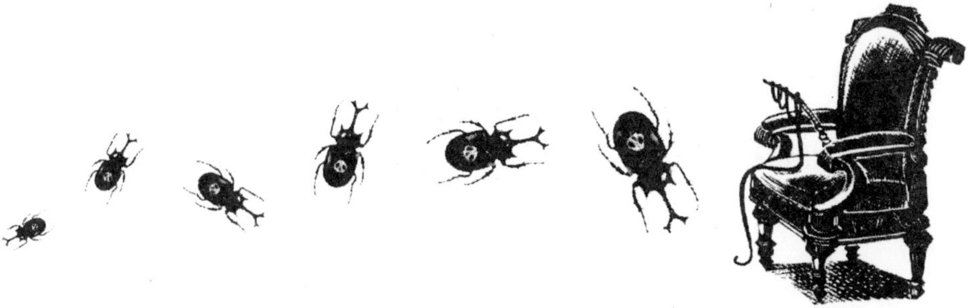

政署的電話號碼，但是，結果並沒有接到警政署。」

「嗯！難道電話線出錯了嗎？如果這樣，對方就不可能立刻回答是警政署。模枋中村先生語氣的人的確是壞人，但是，我撥的電話怎麼可能這麼巧的就連上壞人的電話？」

「真的很奇怪。」

警官手臂交疊在胸前，正在思考著。

這時，默默聽著兩人交談的明智偵探說道：

「對不起，我告退一下。」不知道去哪裡了，但不久之後就笑著回來了。

「我知道了，我知道電話的秘密了，請大家到庭院來。」

明智說完就率先離開走廊，進入庭院。高橋先生、中村警官以及刑警雖然不知道這是怎麼一回事，但還是跟著明智走了出去。

「高橋先生，這個庭院的角落有一間小屋，那是不是倉庫呢？」

「是的，那裡放了一些零碎的東西。」

「那裡面有私設的電話局。」

明智說出奇怪的話。

「咦！私設的電話局？」

「我這裡有手電筒，請你利用手電筒看看倉庫裡面的情形。」

高橋先生依照他的吩咐，接過手電筒，打開倉庫小屋的門，往裡再查看。

「你看，有兩條電線從天花板垂掛下來。電線的前端原先接著電話機，而沿著電話線朝屋頂看，從對面正屋的屋頂到這個小屋的屋頂正好拉了兩條電線。你知道了嗎？這兩條電線和豎立在那裡的電線桿相連，把它切斷，然後拉到這個小屋，接上電話機，就形成了私設電話局。

犯人帶著電話機逃走了，但是，電線依然留在這裡，就算事後秘密被揭穿，犯人也不會覺得困擾。

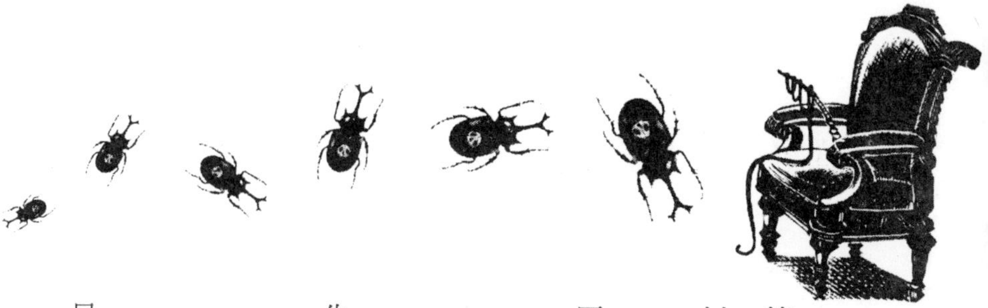

也就是說，一個犯人躲在這個小屋等你打電話到警政署，所以，不管你撥什麼號碼，全都會轉接到這裡來。犯人裝出女接線生的聲音和中村先生的聲音。

達到目的之後，就拿掉電話機，帶著電話機倉惶逃走。敵人實在太厲害了！這的確是既簡單又聰明的作法。」

「哦——」

高橋先生不禁發出呻吟聲。

「原來那四個人，是在那個傢伙的指示之下來這裡的。但是，明智先生，還有一點我怎麼也想不透。」

「你是想問賢二怎麼被擄走的嗎？」

「是的。」

「那也沒什麼，我聽你述說過程，就知道秘密了。高橋先生，賢二是在你的眼前被擄走的。」

高橋先生和中村警官聽到名偵探的這番話，嚇了一跳，互望一眼，根本不了解他在說什麼。

妖怪住宅

高橋先生面露狐疑的表情，明智則笑著說道：

「這就是他們的手法。賢二就是在你的眼前被擄走的，只是你沒有看到而已。」

「咦！在我的眼前？這到底是什麼意思呢？」

「就和變戲法一樣。事實上，這個想法十分高明。不是有兩名假警察扛出了獨角仙的空殼嗎？先前你說獨角仙的身體是用塑膠製成的，好像洋傘一樣可以稍微摺疊嗎？如果是這樣，那麼就不需要兩個人扛，只要一個人拿就可以了。但是，那個空殼並沒有摺疊起來，還是按照原先

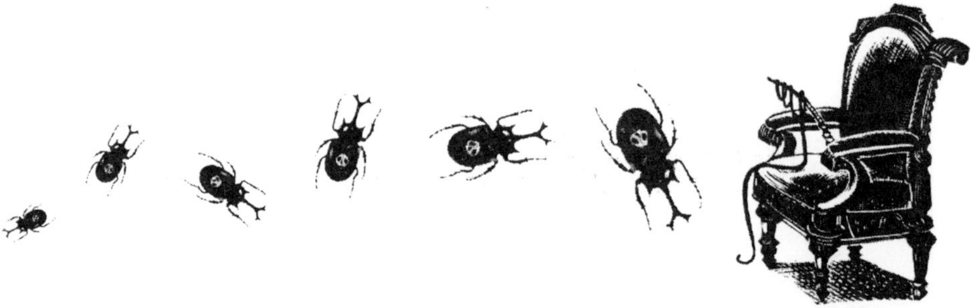

的形狀由兩個人扛出來，這不是很奇怪嗎？」

高橋聽到明智這麼說，露出奇怪的表情，不斷的眨著眼睛。突然想到什麼似的，臉色大變。

「那麼，你是說，賢二就在裡面……」

「是的，我想除此以外沒有其他的辦法。綁住賢二，在他的嘴裡塞入東西，然後把他塞入獨角仙的空殼當中，所以無法摺疊，必須兩個人才能夠把他搬走。」

「啊！原來是這樣，我怎麼沒有察覺到，我真是個笨蛋！書生已經告訴我獨角仙可以摺疊，但是，我非常相信那些警察，因此沒有懷疑他們。竟然中了他們的計，這真是，天大的失敗啊！」

高橋先生似乎很懊惱，低下了頭。中村警官露出同情的表情，安慰著說道：

「高橋先生，你不要這麼失望，我們一定會全力救出賢二，明智先生也一定會幫忙我們的。」

接下來的三十分鐘，大家互相討論要如何救出賢二。這時書生廣田臉色大變的跑了進來。

「糟糕了，電話！獨角仙打電話來了，……要接到這裡來嗎？」

高橋先生聽他這麼說，不禁站了起來，然後又坐回去。

「好，接到這裡來。」

他拿起了桌上的聽筒。

「喂喂！是誰。……我是賢二的父親，高橋太一郎。」

「我是獨角仙，你知道吧……呵呵呵……。高橋先生，我們趕快來商量一下。你要和賢二就這樣分開，一輩子都見不到面，還是要給我一千萬圓呢？以你的身份，一千萬圓根本不是什麼大數目，但是，卻可以買回可愛的賢二哦！」

「我現在手邊沒有這麼多錢。」

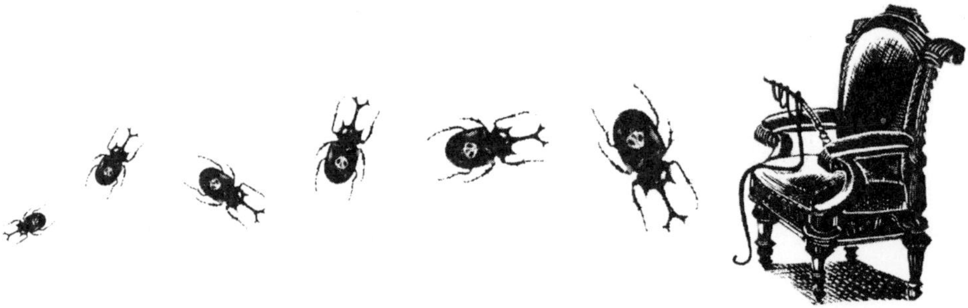

「我給你一天的時間籌錢。你在銀行裡有多少存款、多少股票，我全都已經查得一清二楚。在明天晚上之前，你一定可以籌到一千萬圓。」

「賢二現在在哪裡？」

「在東京。我並沒有修理他，你不用擔心。但是如果不給我贖款，你就無法再見到可愛的賢二了。」

「我要把贖款拿到哪裡去？」

「現在我就要詳細的告訴你。準備好紙筆。……明天晚上九點，場所是沿著八王子街道從新宿車站往西走一公里半，右邊有個大寺廟常樂寺。在寺廟後方的墓地後面有一棟受到戰爭災禍（空襲等因戰爭引起的災害）而毀損的大住宅，那是水泥牆已經遭到破壞、裡面雜草叢生的妖怪住宅。雖然建築物已經燒掉，但是洋房、磚瓦牆還留著。你在牆內仔細找找，可以發現通往地下室的樓梯。走下樓梯，進入地下室，我在那裡等你。」

「我可以在那裡贖回賢二嗎？」

「是的，要用一千萬圓的紙鈔來交換。一定要現金哦！當然，那很重，你可以裝在兩個包袱裡，大概要雙手才拿得動吧。……你可以坐車到常樂寺門前，但是要在那裡下車，讓汽車開走。你必須一個人前來，扛著包袱到墓場的後面，我會在地下室等你。那裡很暗，你最好帶手電筒來。」

高橋先生聽完之後，蓋住話筒，和明智先生及中村警官商量。

「請你答應他吧！」

中村警官輕聲的做出指示。

「好，那麼明天晚上九點，我會帶著一千萬圓的現金，到那個地下室去。到時候你一定要把賢二交還給我。」

「沒問題的。你剛才在和誰商量啊？中村警官是不是在那裡？代我向他問好。……警察知道我們見面的場所，到時候一定會派大批警力在

那裡等我，企圖抓住我。但是請你告訴他，我已經做好萬全的準備了，叫他最好不要來抓我，否則你將永遠見不到賢二。知道嗎？代我向中村先生問好。不要忘了，九點哦！」

說著就卡嚓掛斷了電話。

「沒辦法，我輸了。我要趕快準備贖款換回賢二。」

高橋很遺憾的說道。

「身爲警察，我當然不建議你用贖款交換人質。但是，如果放棄這個機會，恐怕就很難救回賢二了。一定要好好的利用這個機會。我會從手下中挑出十名精明幹練的刑警，在那個妖怪住宅的地下室周圍守候。

當然，大家都會喬裝改扮，不會被發現。在你贖回賢二之後，我會立刻逮捕怪人團，奪回贖款。關於贖款，不可以準備僞鈔，那個傢伙很謹慎，如果是僞鈔，他一定會立刻發現。對不起，還是請你必須準備真正的紙鈔。明智先生，你有什麼建議嗎？」

中村警官好像要和明智商量似的問道。明智勉強同意的說道：

「也許警察只能這麼做了，但是，請不要讓那個傢伙逃走。在贖回賢二之前，絕對不可以被發現，你一定要提醒警察們注意這一點。」

明智反覆的叮嚀這句話。

可疑的女乞丐

第二天傍晚，在常樂寺後面，雜草叢生的妖怪住宅，頹圮的水泥牆旁，有一名像是小酒館負責外賣工作的三十幾歲男子在周圍晃蕩。當然這是中村警官的手下喬裝改扮的。

天空烏雲密布，完全沒有風，是個陰沈沈的日子。頹圮的水泥牆內雜草及膝，後面常樂寺的墓場，在微暗的樹林當中依稀可見。四周一遍寂靜，沒有人煙。

「的確是妖怪住宅，真讓人毛骨悚然。」

假扮成跑外賣的刑警，喃喃自語的說著。看到沒有人，於是鑽進水泥牆內。但是一踏入就嚇了一跳，因爲他發現草叢中有東西躲在那裡。

對面草叢中有黑色東西窩在那裡，從草叢中探出頭來看著這邊。不久之後發現那是兩個人，而且是非常骯髒的兩個人，後來才知道他們是乞丐，只有乞丐才會躲在這種地方。其中一名是女乞丐，另一名是個十四、五歲的骯髒少年。

刑警沿著草叢朝他們接近。仔細一看，女乞丐用一隻手按住腹部，身體對摺縮在那裡。紅褐色的頭髮好像蜘蛛網似的十分蓬亂，臉色黝黑，穿著破爛的衣服，還用繩子綁著衣服。

小乞丐好像很擔心似的揉搓女乞丐的背部，嘴裡不知道在說些什麼。也是穿著骯髒破爛的衣褲，臉也是黑的。

「怎麼回事？肚子痛嗎？」

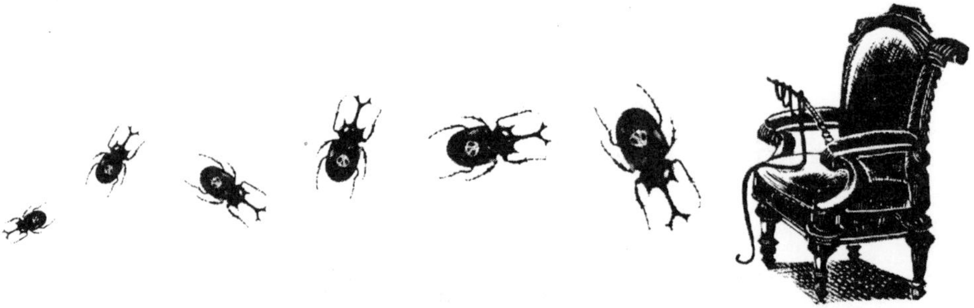

假扮成跑外賣的刑警，看著女乞丐的臉問道。

「嗯！媽媽的老毛病又犯了。你有沒有帶止痛仁丹，服用之後就沒事了。」

小乞丐一點也不在意的，不停看著刑警問道。

「我沒有帶仁丹。真的很痛嗎？」

「沒什麼，待會兒就好了。」

女乞丐趴在那裡，用嘶啞的聲音回答道。

「既然生病了，就趁著天還沒有黑到別的地方去吧！今天晚上這個妖怪住宅會發生可怕的事情，你們待在這裡，也許會遭殃哦！」

刑警說完，看看周圍，又走回圍牆外。過了二十分鐘之後，兩個乞丐就不知道到哪裡去了。後來才知道乞丐是假冒的。

到底誰會假冒成女乞丐和少年乞丐呢？這兩個人到底是誰呢？又爲什麼要到這個妖怪住宅來呢？

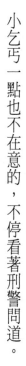

地下室的妖蟲

這天晚上九點，高橋先生走下妖怪住宅地下室的階梯，將裝著紙幣的包袱一個挾在腋下，另一個用左手提著。他右手拿著手電筒，照著腳邊，小心謹慎的一階階走下樓梯。

還沒有下雨，但是，已經是四周一片漆黑的黑夜了。沒有道路又雜草叢生，能夠安然無事的走到這裡，已經是很慶幸的了。高橋先生是偉大的實業家，當然不怕什麼妖怪，但是，還是覺得毛骨悚然。一想到地下室還有可怕的獨角仙在等著他，更是背脊發涼。可是爲了救出可愛的賢二，他必須要忍耐這一切。

走下水泥階梯，四周還是長著雜草，一不小心就可能會滑倒。高橋先生小心謹慎的一步步走下去。

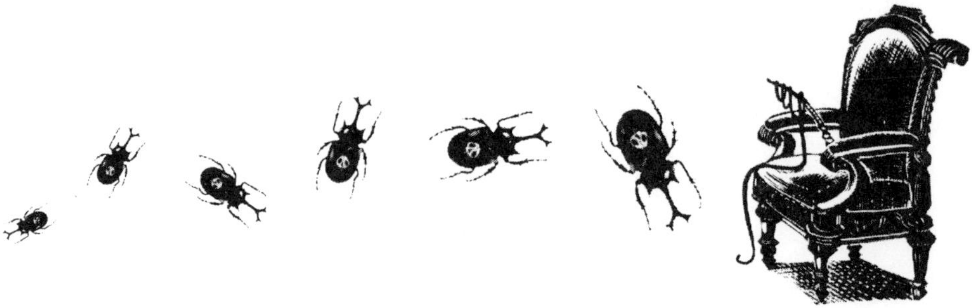

「關掉手電筒。」

腳下的洞穴傳來可怕的聲音。高橋先生嚇了一跳，停下腳步。他知道這是在地下室等待的怪人的聲音，連忙關掉手電筒，把它放進口袋。

「我是高橋，賢二在這裡嗎？」

突然之間地下室亮了起來。並不是電燈，而是燭光。

「賢二在這裡。你一個人來嗎？」

「我一個人來，沒有違反約定。」

「好，下來吧！」

高橋走下階梯，進入地下室。地下室點著蠟燭，房間裡的老舊木箱上，點了一根蠟燭。

蠟燭對面有大而黑的東西蠕動似地窩在那裡，高橋嚇了一跳，想要逃走。

那裡有妖怪，漆黑的傢伙正用圓圓的大眼睛瞪著自己。那是比人還大的獨角仙。

雖然知道那只是用塑膠製成的東西，有人在裡面，但是，在這個靜悄悄的地洞裡，遇到巨大的妖蟲，當然教人覺得渾身不自在。

「哈哈哈……你害怕我的樣子嗎？我又不會抓你，你放心吧！我不想讓你看我的長相，所以，才打扮成這個樣子到這裡來，我可沒有想要嚇你的意思哦！」

獨角仙從大角下面難看的嘴裡，發出聲音。裡面當然躲著人。

高橋聽他這麼說，重新恢復平靜。

「賢二呢？賢二在哪裡？」

「你仔細看看，我把他關在我後面房間的角落裡。他一直哭，我覺得很吵，所以用東西塞住他的嘴巴。在還沒有交還到你的手上之前，就讓他保持這種狀態吧！」

燭光非常微弱，因此，先前沒有察覺到。聽他這麼說，房間的角落

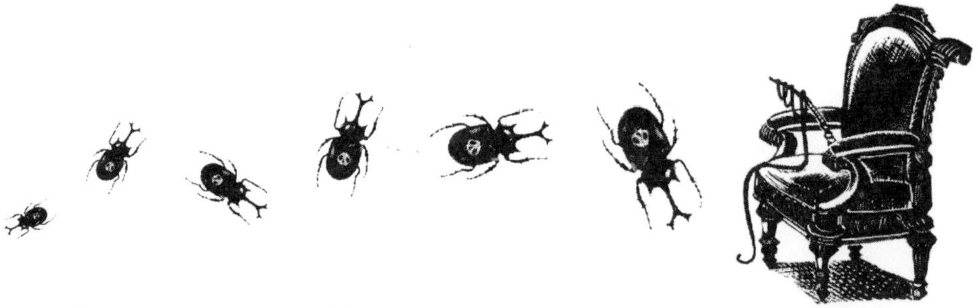

果真有個小小的身影窩在那裡。可憐的賢二，雙手被反綁，嘴巴被東西塞住，可能早就看到父親，但是不能站起來，也不能發出聲音。才不過一天的時間，似乎整個人就瘦了一圈。

「好，這是我帶來的一千萬圓。我把錢給你，你趕快為賢二鬆綁。」

「很好，收到你的錢我就放人。我相信你不會拿偽鈔來騙我，畢竟你也是有頭有臉的人。但是，如果這是偽鈔，我一定會報復的。……賢二還你。我這種裝扮不太方便，你到這裡來解開繩子，把他帶走吧！」

獨角仙當然無法用腳解開繩子，因此，高橋只好避開令人不舒服的獨角仙，走向房間的角落，解開賢二的繩子，扶他站起來，同時拿掉塞在嘴裡的東西，就這樣扶著賢二爬上樓梯，走到外面，然後取出口袋中的手電筒，打開手電筒，朝著遠遠的方向不斷的揮舞著手電筒。

這是一個信號。在黑暗中，有黑影撥開草叢從四面八方湧向地下室的入口。這些當然是中村警官的刑警手下。

無聲無息的黑色人影，一個、兩個、三個、五個、十個，立刻聚集在地下室的入口。雖然四周一片黑暗，看不清楚這些人，但是其中也包括了黃昏時在牆外假扮送外賣的刑警。十個人各自假扮成不同的身分，看起來沒有一個像刑警或警官。

地下室只有一個出入口，除了這個樓梯之外，並沒有其他的出口，怪人已經是甕中之鱉了。這裡有十個人，對方卻只有一個，即使是會施魔法的怪人，也無計可施。

刑警們悄然無聲的走下樓梯。蠟燭仍然擺在原來的地方，發出微弱的光芒。巨大的妖蟲也仍然趴在原來的地方。

刑警們進入時，牠一動也不動，靜靜的趴在那裡。因爲太過於安靜，反而教人毛骨悚然。

「我們是警察！怪物，你投降吧！」

一名刑警大聲叫道。這時，突然發生了奇怪的事情。獨角仙揮舞著

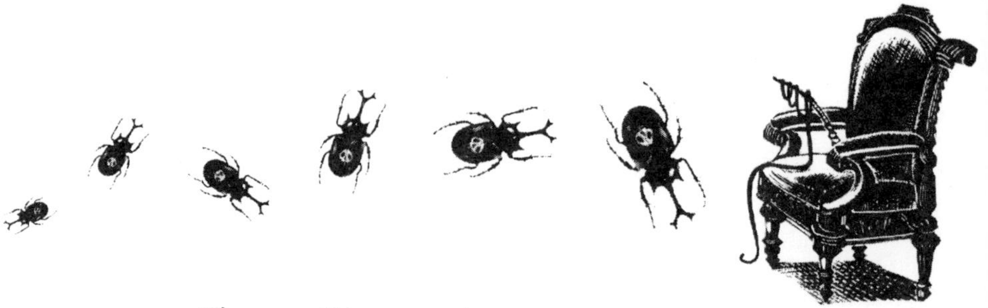

大角。

「哇哈哈哈……」

牠大笑起來，似乎覺得很好笑而放聲大笑。

刑警們感到一陣訝異，但是，現在不能再猶豫不決了。跑在前面的三名刑警圍成一圈，撲向獨角仙的身體。

這時，又發生了奇怪的事情。獨角仙的身體在三名刑警的手下，軟癱癱地被壓扁了。

刑警們幾乎倒下，勉勉強強的重新站直身體，「啊」的發出驚訝的叫聲。

獨角仙裡空無一物，裡面的人消失無蹤。那麼，剛才放聲大笑的人到底去哪裡了呢？獨角仙的空殼是不可能會笑的。

陌生的少年

地下室只有一個入口，而這個入口已經被眾人包圍了，因此，絕對不可能逃走。難道還有其他的秘密通道嗎？警察搜遍地下室，但是，連老鼠洞都沒有發現。怪人就像煙一樣的消失了。

怪人到底使用了什麼樣的魔法呢？

「咦！這是什麼？」

一名刑警，用手指著地下室地上的一個包袱。

聽他這麼說，在後面的高橋先生牽著賢二走到那裡。

「咦！這是我要贖回賢二而交給對方的一千萬圓紙鈔。」

他檢查了包袱裡面的東西，說道：

「這就是我帶來的紙鈔，他竟然原封不動的留下來。那傢伙怎麼會

忘記重要的錢而逃走呢？這到底是怎麼一回事？」

高橋覺得有點毛骨悚然的看看四周。刑警們也不知道原因，沈默的呆立在那裡。

就在這個時候，又聽到奇怪的笑聲響起。

「哇哈哈哈……高橋先生，你真壞啊！竟然違反約定，帶了警察前來。我早就想到可能會有這一招，也事先做好萬全的準備了。我已經不要你的錢了，我要把賢二帶到遠處去，帶到山中的鐵塔王國去。再見了，保重喲！……」

奇怪的聲音突然停止了。沒有看到人，但是卻聽到聲音。高橋和刑警們就好像聽到妖怪的聲音似的，渾身不對勁的互相對看。

而且那個聲音說的話也很莫名其妙。

不想要錢，又說要把賢二帶走。但是錢在這裡，賢二也在這裡，這到底是什麼意思呢？高橋突然看著自己牽著的賢二。

「請把手電筒照向這裡……」

他拜託旁邊的刑警，讓光照著賢二的臉。一下子四周都亮了起來。

少年呆然瞠目看著這邊。

臉和賢二長得一模一樣，但是，卻有些不同。仔細一看，發現不同點愈來愈多了。

「喂！你不是賢二！你到底是誰家的孩子？」

高橋大聲詢問。

「我是木村正一，不是賢二。」

少年的態度十分鎮定。

「為什麼你要假扮賢二呢？我以為你是賢二！」

「我在放學回家的路上被奇怪的人帶到這裡來。那個人綁住我的手，堵住我的嘴，還說只要我忍耐，就會有一個叫做高橋的人來把我帶走，讓我回家。他說高橋先生還會給我可以用引擎發動的大船玩具。如果叔

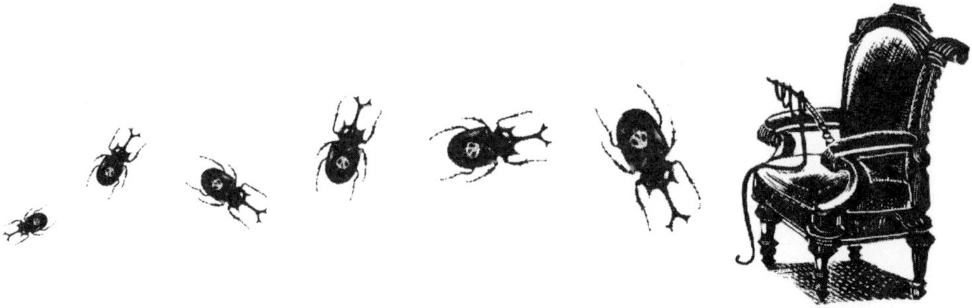

叔就是高橋先生，那麼請你給我船。」

這名叫做木村的少年，似乎不太聰明，被怪人騙了。他似乎深信怪人所說的話。

「是這樣嗎？可是你不怕那個獨角仙妖怪嗎？」

「我怕啊！但是被綁住也逃不走，而且把我帶到這裡的那個人說，如果我逃走，他就要殺了我。」

少年似乎不是在說謊，他是被壞人利用，因此，做替身並不是他的罪過。

「好，那麼我們就先帶你回家好了。但是，我不能送你大船玩具，因爲叔叔遭遇了很悲慘的事情。我的孩子賢二，一個和你長得很像的孩子被抓走了。」

高橋先生懊惱的說道。心想，如果不是有長得這麼像的替身，自己就不會被騙了，因此，有點憎恨這個少年。

啊！賢二少年真的被帶到鐵塔王國去了嗎？

原以爲只要交出贖款就能夠換回真正的賢二，但是，因爲帶刑警們一起來，結果被怪人用這個方法報復。

高橋開始恨中村警官。心想，如果不讓他或刑警們插手於這件事情，那麼就不會出現這種結果了。

但是，名偵探明智小五郎到底在做什麼呢？小林少年又在哪裡呢？

就算是名偵探，難道也無法預料到今天晚上會發生這樣的事情嗎？

怪汽車

大家都想不出好方法來，於是只好呆立在地下室。正當大家都在發呆的時候，後面的樓梯上出現了走向地下室的黑影。

「誰？是誰在那裡？」

一名刑警發現了，用手電筒照著樓梯。被手電筒的光照到的，是骯髒的女乞丐，就是那個傍晚時，假扮外賣的刑警在草叢發現的那名女乞丐。

「咦！是乞丐，爲什麼現在到這個地方來呢？想要在這個地下室睡覺嗎？不行，不行，出去，出去！」

另一名刑警很粗魯的想要趕走女乞丐。

但是，女乞丐不但沒有退後，反而用力的拂開刑警的手往前走。她走到高橋先生的面前，回頭看著眾人，莞爾地笑了起來。

「這傢伙是不是瘋啦？喂！這不是你該來的地方，快出去！不出去就要修理妳囉！」

一名刑警大聲責罵。但是，女乞丐卻若無其事，而且說出奇怪的話。

「這正是我該來的地方，如果我不來，那麼，你們根本就不知道該怎麼辦。」

聽到的是清清楚楚的男人的聲音。又發生了莫名其妙的事情。

雖然是女乞丐，但是，卻用男人的聲音說道。

「哈哈哈……，你們還看不出來嗎？看清楚。」

女乞丐說完之後，伸起手抓住頭髮往上拉，立刻拉下骯髒的假髮，露出男人的頭。原來女子的頭髮是假髮。

露出來的是有著蓬亂頭髮的男人的頭，臉上塗滿了煤灰，所以黑黑的。不過仔細一看，是一張很面熟的臉。

「啊！你是……」

「我是明智小五郎，你們難道認不出來嗎？」

這個骯髒的女乞丐，竟然是名偵探明智喬裝改扮的。高橋先生和刑警們都驚訝的說不出話來。

「我認爲這件事有刑警插手反而不安全，怪人團一定還留有一手。所以，我只好假扮成大家都不認識的女乞丐，從傍晚開始就盯著這片草叢，打算在緊急情況發生時跳出來處理。」

明智有如在發表演說似的淘淘不絕。

「高橋先生扛著兩袋紙鈔進入地下室，我也看到了。不久之後高橋先生牽著一名少年的手走出來，隨後刑警就跑到地下室，這些我也都看到了。我在接近入口樓梯處觀察裡面的情況，聽到竟然有少年假扮成賢二，而且怪人也消失了。

但事實上，我一直盯著地下室的入口，所以，我確認沒有人從這裡出去。這個地下室除了這個樓梯之外，並沒有別的出入口。

天黑以後，一輛汽車開進原野，關上車頭燈，停在那裡。我覺得很奇怪，於是一直注意著那輛汽車。就在不久之前，那輛汽車開走了。在這個地下室裡，大家聽到了怪人的聲音，卻沒有看到他的人影。而那個聲音說完話不久，那輛汽車就開走了。你們知道這是什麼意思嗎？」

「你的意思是，怪人團坐上了那輛汽車嗎？」

高橋先生忍不住的問道。

「是的。怪人團的首領已經坐上汽車走了。」

「那麼，你就讓他逃走不管嗎？既然發現了汽車，爲什麼不迅速處理呢？」

「不，我不是不處理。在這裡假扮成送外賣的刑警，應該也看到了一個女乞丐帶著一個小乞丐吧！那個小乞丐哪裡去了呢？他已經躲在怪人車上的某處，跟蹤怪人的車子去了。這是非常大膽的冒險，但是，那個少年應該沒有問題。」

「哦！那個小乞丐就是先生的助手小林嗎？」

假扮成送外賣的刑警突然問道。

「是的。小林的動作就像松鼠一樣的矯健，而且頭腦靈活。大人是沒有辦法這樣跟蹤的。如果不是身材嬌小的少年，當然做不好。小林就好像水蛭一樣，一旦誰被他黏上，就無法逃開，這時，他一定會跟蹤怪人到他們的根據地去。在還沒有確認鐵塔王國在哪裡之前，他絕對不會離開。

假扮成乞丐的小林，有一個百寶袋，裡面裝了很多東西，有了這些東西，小林就一定能夠達成目的。我相信這個少年的力量。」

聽到明智先生這麼說，大家都安心了。既然有名助手小林少年跟蹤，相信怪人是無法逃之夭夭的。

名偵探的智慧

「為什麼怪人能夠從這個地下室逃走呢？而且雖然沒有人，卻聽得到聲音？……我真的不明白。明智先生，你知道原因嗎？」

高橋先生，想要把事情的來龍去脈弄個淸楚。

「在汽車開走的時候，我才明白了是什麼原因。也許為時已晚，但

是爲了找出怪人團的根據地，晚一點或許比較好。請等一等，我要確認一下我的想法對不對。」

明智說著，蹲在腳邊幾乎被踩扁的大獨角仙的旁邊，手伸向牠那可怕的嘴中，不知道在做些什麼。

不久之後，從嘴裡取出小型機械。這個機械帶有一條長長的繩子，從口中慢慢的被拉出來。

「就是這個，這是小型的擴音器。怪人只要面對汽車裡的麥克風說話，聲音就可以從這個擴音器中傳出來，因此，大家會覺得好像有人在獨角仙裡說話似的。當然，汽車和電話線之間連著一條長的電線，但是被草蓋住了，根本不會有人發現。

我也知道爲什麼對方能夠聽到你們的聲音。這邊的聲音不可能傳到汽車裡面，因此，不可能進行問答。所以，在這個地下室的某處，應該架設了麥克風。」

明智說著，借用了刑警的手電筒檢查地下室，發現天花板的一個角落有蜘蛛網密布著。

「大概就是那裡，可能是藉著蜘蛛網掩飾吧！給我一根竹竿，我來看看。」

一名刑警很快的找到一根竹竿。明智用竹竿撥開天花板角落的蜘蛛網，結果真的看到那裡架設了一個小型麥克風。

「秘密全都被揭穿了，這和在高橋先生庭院的倉庫小屋中架設電話機的做法完全相同。怪人團中似乎有人非常了解電力的事情。」

「原來是這麼一回事啊！」

高橋先生老是以爲獨角仙裡面有怪人，因此，態度非常嚴肅，沒想到是在和擴音器說話。

「明智先生，等等，可是我的一千萬圓還在這裡，這不是太浪費了嗎？怪人團不是一開始就想要拿錢嗎？這是怎麼一回事呢？」

高橋先生實在想不透其中的緣故。

「他們當然想要錢，但是，昨天晚上和你通電話的時候，感覺到中村警官就在旁邊，因此，十分的小心謹慎，沒有因爲錢而鬆懈警備。一旦被抓，就什麼都沒有了，他正是想到這一點。如果你單獨前來，放下兩袋鈔票，那麼，稍後再來拿就好了。一旦沒有受到任何阻撓，真的拿到錢了，這時候他才會釋放真正的賢二。

如果刑警進入地下室，他就會不管鈔票，真的把賢二擄走，向你和中村警官報復。不論採用哪一種做法，對他而言都沒有損失。他實在是個思慮周密的傢伙。」

聽他這麼說，大家對怪人所擁有的惡劣智慧都感到很驚訝，但也更加佩服明智偵探的智慧，認爲他比怪人更高明。

能夠識破怪人的詭計，並且指示小林少年去找出怪人的根據地，實在令人佩服。

神奇的跟蹤

在一片黑暗的原野角落裡，停了一輛關掉所有車燈的大型汽車，離汽車不遠處，在這個雜草叢生的地方，藏了一名奇怪的少年，一直注意著這輛汽車。

這個奇怪的少年當然就是明智偵探的助手小林。小林少年的任務就是，不管怪人團的汽車到哪裡，都要緊密跟蹤，找到他們的行蹤。但是他又沒有汽車，因此，只好躲在對方的汽車裡面了。

對小林而言，這已經是司空見慣的事情了。他曾經躲在怪人汽車後面的行李廂中，救出了賢二。今天晚上也打算使用這個手法。

小林悄悄的靠近怪人汽車的後方。由於一片漆黑，而且雜草叢生，所以不必擔心會被對方發現。

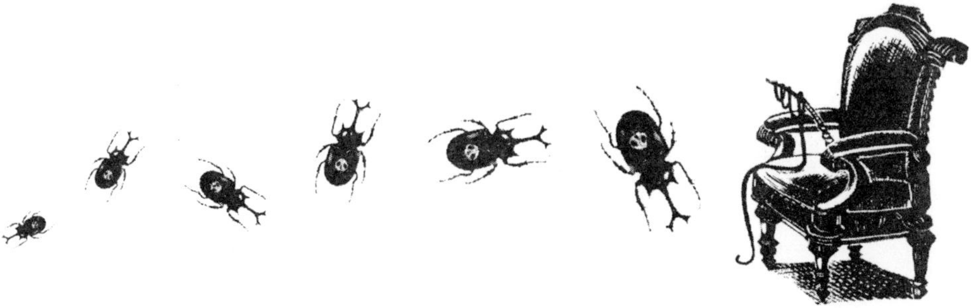

到達車身的後方，掀起行李廂的蓋子，看到裡面只放了怪人團的幾個皮箱，剩下的空間還夠，於是小林像隻松鼠似的迅速爬入行李廂內。同時把皮箱往外移，自己則躲在最裡面的角落。因爲是大型汽車，所以只要把腳縮起來，就能夠輕鬆的躲在裡面。

不知道汽車要開到哪裡去，也不知道要在裡面躲多長的時間，但是小林已經準備好各種物品。大袋子裡有七大偵探道具、裝了水的旅行用威士忌瓶、裝著法國麵包的紙袋以及更換衣物等。此外，還有圓形的大白鐵皮罐。總之袋子裡塞滿了東西。

小林從袋子裡取出兩根大約兩公分長、彎成奇妙形狀的鐵絲，把它夾在汽車行李廂蓋子的兩端，再蓋上蓋子。如此一來，由於有鐵絲卡在那裡，蓋子無法緊閉，製造出了一點空隙。

行李廂裡的空氣污濁，一旦窒息可就糟了。有了這個空隙，空氣就可以流通。不愧是小林少年，連這些細節都想到了。

接著從袋子取出既黑又大的包袱，把自己從頭到腳緊緊裹住。如果怪人團有人打開汽車行李廂蓋，也不會立刻被發現。

小林一直待在那裡，不久之後聽到引擎聲，汽車開始移動，而且加速前進。

到底要去哪裡呢？賢二少年坐在汽車裡，手腳被綁住，嘴巴被塞住，被兩名男子左右夾住。怪人到底要把賢二帶到哪裡去呢？

一小時、兩小時過去了，汽車一直都沒有停下來，而且一直加速前進。一直彎扭的縮在行李廂中的小林，覺得時間真是好長啊！肩膀和腰部都很痠痛。在狹窄的行李廂中，不能坐也不能翻身。

車子繼續奔馳了三、四小時，路況愈來愈糟，車身劇烈搖晃。小林覺得肚子很餓，於是從袋子裡取出法國麵包不斷的咬，同時喝著威士忌瓶中的水。

哇！這趟神奇的汽車之旅，到底什麼時候才會停止呢？

聳立的鐵塔

在途中曾經休息一次，爲汽車加油，隨即又奔馳在路上。不久之後開始爬坡，速度也變慢了。由於道路相當的顛簸，小林痛苦得幾乎哭了出來。

身體發麻，就快要昏倒了，但汽車卻沒有要停下來的樣子。又過了一段很長的時間，車子搖搖晃晃的，似乎已經到達目的地，車子突然停住不動了。

小林從行李廂的縫隙往外看，看到微弱的光線，知道天已經亮了。可以微微聽到下車的怪人團男子的說話聲。小林悄悄的推開行李廂蓋往外看。這是一片大森林，從車上下來的人，沿著森林大樹之間的羊腸小徑朝對方往上爬。

啊！終於了解爲什麼，因爲從這裡開始，車子無法再往前開，所以只能用走的。既然必須要爬山，那麼，這裡一定是在深山中。

小林趕緊從躲藏的地方跳出來，蹲在汽車旁邊，觀察車內的情況，得知車內空無一人。怪人團已經帶著賢二進入森林中了。小林將黑色的大袋子背在肩上追趕而去。

抬頭看到的盡是大樹。森林裡樹木茂密，幾乎看不到天空。而且又是羊腸小徑，不過似乎很少有人通過，因此長了很多山白竹（箭竹——禾本科，箭竹屬。一種短小的竹，幹可以做箭桿。也是熊貓最喜愛吃的食物。），必須在一片竹林中，撥開竹葉、竹枝才能前進。

這時如果發出聲音被對方察覺可就糟了，因此，必須小心謹慎的往前走。但是，若果只注意腳邊，很可能會跟丟對方，所以，小林跟蹤得十分辛苦。

這是一段很漫長的道路，幾乎走了一小時，非常的疲累。正在就要

倒下來的時候，終於到達了目的地。突然覺得眼前一亮。

怪人團的男子們，停在森林中的廣大空地上，但是，小林卻無法離開森林，因爲一旦被發現就糟了。小林只能躲在粗大樹幹的後面，盯著空地瞧。

這時，看到令人驚訝的事情。空地的另一邊有一座黑色大城堡。那並不像日式建築的城堡，而是西式城堡。一邊的盡頭聳立著五十公尺高的高塔，好像自來水的鐵管放大幾百倍似的圓形的塔。高高聳立直達雲霄，讓人感覺相當奇怪。

這座塔好像是用鐵板打造的，各處都可以看到小窗。塔的旁邊也以鐵搭起高高的鐵牆，連綿不斷。裡面好像有很多的建築物，屋頂的形狀怪異。鐵牆內有鐵門，鐵門緊閉。

這和在奇怪老爺爺的偷窺箱裡所看到的鐵塔一模一樣，這一定就是怪人團的鐵塔王國。終於到達敵人的大本營了。

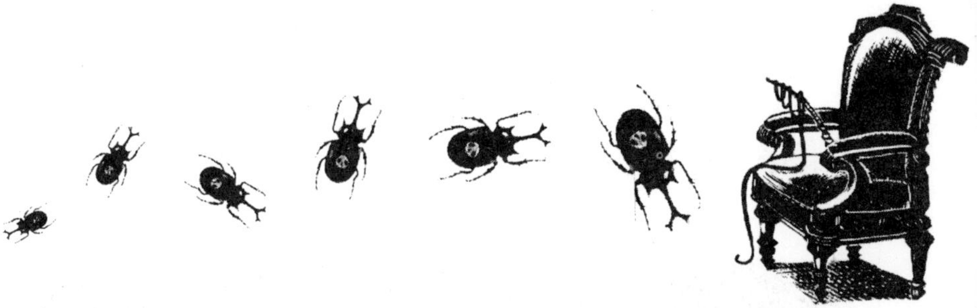

小林少年想到這件事情，不覺心跳加快。從大樹幹後方觀察，怪人團四名男子中的兩人，從兩邊夾住可憐的賢二少年，搖搖晃晃的朝城堡走去，漸去漸遠。

當他們接近鐵的城門時，鐵牆上的瞭望窗有人，探出頭來與下面的人進行問答，然後縮回了頭，鐵門慢慢的打開到可以讓一個人通過的縫隙。帶著賢二少年的四名男子，只能夠從這個小小的縫隙通過，他們一個一個好像被吸入門中似的消失了蹤影。

男子被吸入門內之後，門再次緊密，四周又恢復一片寂靜。在深山的森林裡聳立著一座鐵城，裡面到底住著什麼可怕的東西呢？是死城，還是妖魔之城？小林突然想到在鐵城裡不斷爬行的巨大獨角仙，覺得背脊發涼。

跟蹤到了這個地步，接下來該怎麼做才好呢？真的不知道該如何是好。如果離開森林而去靠近城堡，可能會被怪人團發現，立刻就會被抓住。到時候別說想要打開深鎖的鐵門，就算要爬上高的鐵牆也是不可能的事情。

小林在沒有路的森林裡繞了一圈，花了很長的時間，才好不容易繞到城堡的後面。但是，不論旁邊或後面，都被高大的鐵牆圍住，根本沒有可以溜進去的縫隙。

小林思索著到底該怎麼辦才好，難道要等待城門再次打開嗎？但是到底要等多久也不知道，事先準備的糧食，一天就吃完了。

「啊，有好辦法了！」

小林突然想到好點子。怪人團的汽車被丟在森林的入口，只要開車到附近的城鎮打電話給東京的明智老師，請老師親自到這裡來就好了，否則實在不知道還有什麼好方法。小林下定決心要回到汽車停放處。對於開車，他深具自信。在明智老師的建議之下，小林學會了開車，現在終於派上用場了。

花了一個多小時，扛著大袋子，拖著疲憊的步伐，走在森林當中。以來的時候踩的山白竹爲標誌，走在不像道路的道路上。有時候還會迷路，搞不清楚方向，所以實在很辛苦。

終於好不容易到達了汽車停放處。

小林很高興的跳上汽車駕駛座，打算出發。

但是，這時突然發生了一件事情，讓他嚇了一跳。他看著汽油的指針。原來怪人們若無其事的把汽車丟在這裡是有理由的。

因爲沒有汽油了。這些汽油大概只能夠跑兩公里。

山中當然沒有加油站，無法得到汽油，汽車就開不動了，所以把汽車丟在這裡，也不用擔心會被偷走。怪人們只要在下一次出發時，再從城堡裡運出汽油，就可以發動汽車了。

小林非常沮喪，無力的坐在駕駛座上，根本不想動。

山中小屋的主人

小林少年下了車，呆立了一會兒，看看四周，突然發現遠處朦朧中有東西在動。再定神仔細一看，原來是白色的炊煙。在這片森林中竟然有炊煙。

既然有炊煙，就表示那裡可能住著人。小林又恢復了精神，朝那裡走去。在沒有路的森林當中，要一步步的撥開山白竹來行走。雖然冒煙的地方看起來不遠，但是，進入森林中之後，由於方向不明，很難找到那個地方。走了好多路，終於發現小小的山中小屋。

這是用粗大的圓木搭蓋起來的屋子，只有七～十平方公尺大。走近一看，裡面似乎有人，於是小林站在門口叫喚。

這時聽到「哦——」的回答，小屋的主人走了出來。是一位臉上留

著大鬍子的男子，看起來有點兇惡可怕，一直盯著小林的乞丐裝扮，突然說道：

「喂！你這小孩怎麼在這個時候到山裡面來呢？」

「我迷路了。叔叔，請收留我吧！我好累哦！而且肚子好餓，已經走不動了。」

小林苦苦的哀求。

「迷路？怎麼可能會來到這個沒有人走動的山中呢？真是奇怪。沒關係，先進來吧！你先吃飽，我再問個清楚。」

這名男子很親切，和外表一點也不像。小林扛著大袋子進入小屋，坐在炕爐邊。

男子從掛在炕爐上燒著的鍋中，將好像大鍋菜似的東西舀入碗中，遞給了小林。小林一邊吃著大鍋菜一邊說道：

「叔叔，你在這裡做什麼啊？」

「我是獵人。山上有各種鳥和野獸，抓了這些東西拿到山下去賣，這就是我過活的方法，哈哈哈……」

他裂開大嘴笑了起來。整個臉上都是黑鬍子，裂開的大嘴中顯現出可怕的紅色。

「我迷路了。我在山中來回走著的時候，突然發現在對面有大鐵城。叔叔，你知道嗎？」

「知道啊！」

「那是誰的城堡呢？誰住在那裡呢？」

「妖怪住在那裡啊！」

「咦！妖怪？」

「就是獨角仙妖怪啊！這座山中既有山豬，也有獨角仙妖怪。山下村落的人知道這件事情都不願意上山，連我們一些同夥的獵人和樵夫也全都逃走了，只有我膽子比較大，沒有逃走。現在只有我一個人住在這

山中呢！哈哈哈……」

男子又裂開鮮紅的大嘴，笑了起來。

「叔叔，你見過那個獨角仙嗎？」

「當然見過囉！但是，我也滿怕那些獨角仙妖怪的。如果牠們出現，我就會逃走。」

「這些獨角仙住在那個鐵城中嗎？」

「是的，鐵城中有獨角仙王，其他的獨角仙全都是國王的臣子。」

「鐵門緊閉著。那個門會打開嗎？」

「平常那個城門都是緊閉著，不過，我看過那個門打開過，也曾經聽到裡面傳來吵雜的聲音。我很想看看裡面的情景，曾經繞到鐵牆的周圍觀察，但是，並沒有可以進去的地方。我把耳朵貼在鐵門上，聽到裡面有聲音，那聲音十分的吵雜，好像幾百隻獨角仙聚集在一起似的聲音，還有幾千個人聚在那裡說悄悄話的聲音。我嚇得毛骨悚然，趕快逃走了。

後來就算不怕死的我也覺得很可怕，不願意再接近那個城堡了。光是在遠處瞥見那個鐵塔頂，我都想趕快夾著尾巴逃走呢！」

山中小屋的主人，這名高大的男子環顧四周，眼中閃著異樣的光芒，似乎很害怕。

鴿子和繩梯

小林從獵人那裡問到很多的事情。知道這裡是木曾山脈附近的山，從東京到這裡來該怎麼走，也詳細問過了。

晚上八點，小林看獵人睡著了，於是扛起大袋子，悄悄的離開山中小屋，來到後面的空地，從袋子裡取出白鐵皮罐，打開蓋子，裡面有「咕咕」的奇怪聲音。小林說：

「好好好，我知道，你在裡面待太久了，很不舒服。現在你終於被

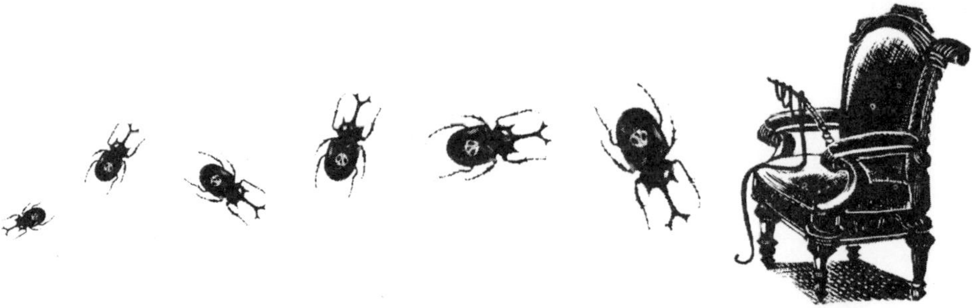

派上用場了，好好去做吧！」

說著，手伸入罐子裡，抓住一隻鴿子，再取出塞在口袋裡的小小東西，綁在鴿子的腳上。

「快飛吧！去吧……」

鬆手的時候，鴿子好像思索了一會兒，然後才振翅高飛，在森林高大的樹巔消失了蹤影。

在這漆黑的夜晚，當然無法看清鴿子飛到哪裡去，不過從牠拍打翅膀的聲音，可以知道牠已經平安無事的飛到高空去了。

「太好了……要開始大冒險了！」

小林自言自語的說道，開始做準備。

他從大袋子裡取出黑襯衫、黑褲子、黑布、黑手套、黑膠底襪，脫掉身上破爛的乞丐衣服。換好衣物之後，從頭頂到腳趾全身都是黑色的。黑布則用來矇住整張臉，只露出二顆眼睛。

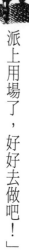

小林從袋子裡取出黑天鵝絨製成的寬帶子，綁在腰際。帶子的內側有很多小袋子，裡面裝著偵探七大道具。

小林將脫下來的乞丐服摺疊得小小的，放入袋子裡，再將袋子掛在樹枝上。即將踏出大冒險的第一步了。

目標當然是怪人所居住的鐵城。小林從腰際的帶子裡取出小型的手電筒。偶爾打開手電筒照照周圍。可是在沒有路的黑暗森林裡，有時候還是會弄錯了方向，等到看到鐵塔時，已經花了三十分鐘的時間。

雖然是黑夜，但是，在森林圍繞的廣大空地有天空的亮光，所以可以看到宛如黑巨人般的鐵城。

到了空地時，小林關掉手電筒，接近城堡。從頭到腳全身都是黑色的，即使敵人從城內往外看，也不必擔心會被發現。

接近城的鐵牆邊，小林從腰帶裡找出繩梯。雖然是梯子，但是，卻是由許多黑絲線纏繞在一起做成的。雖然很細，但是很堅固。每隔四十

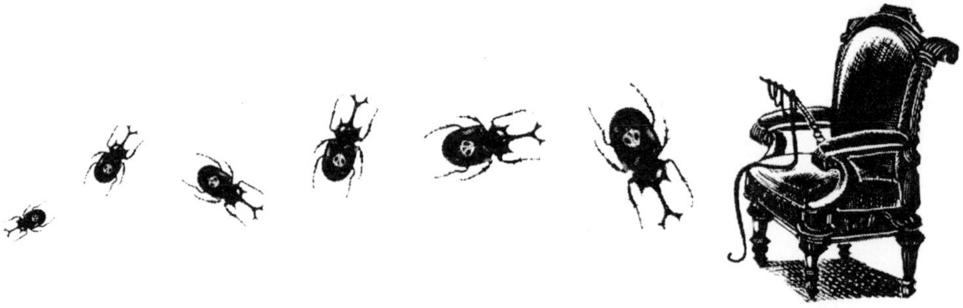

公分就綁著一顆大珠子，腳趾可以勾住珠子往上爬。繩梯的一端安裝了用鐵打造的鉤子，不管在哪裡，都可以緊緊的鉤住東西。

小林拉長繩梯，右手抓著鐵鉤附近，抬頭看著高大的城牆。城牆大約五公尺高。看著上面，找到目標，將鐵鉤往上甩，鉤子緊緊的鉤在城牆上，再怎麼拉都不會鬆脫。

小林就好像黑色小矮人似的，沿著繩梯爬上了鐵牆，很快的就到達頂端。再更換鐵鉤鉤住的方向，將繩子拉到圍牆的內側，再沿著繩梯降落到城內的地面。然後迅速拉掉圍牆上的鐵鉤，將繩梯捲成一團，塞回腰帶。十公尺的繩梯捲成一團之後，大約只有一個拳頭那樣大。

城內一片漆黑，而且非常安靜。看看四周，對面有四方形的紅色燈。可能是建築物的窗內點亮了燈。小林躡手躡腳的靠近那棟建築物。

獨角仙大王

城內的大型建築物，就好像黑成一團的怪物似的，聳立在那兒。走近一看，發現這是用大石頭堆成的石造建築。

透出光線的窗子是打開的。城的四周都是高大的鐵牆，因此，裡面的建築物不需要關閉。

小林爬上窗緣，用雙手支撐著身體，悄悄地觀察窗內的情況。發現這是個有如大廳一般的寬廣房間，對面牆壁的柱子上掛著煤油燈，紅色的光線照亮了整個房間。

等了一會兒，好像沒有人在裡面，因此，小林直接跳過窗子，進入房內。

朝房間另一端的門走去，試著推門，一下子就推開了，於是通過黑

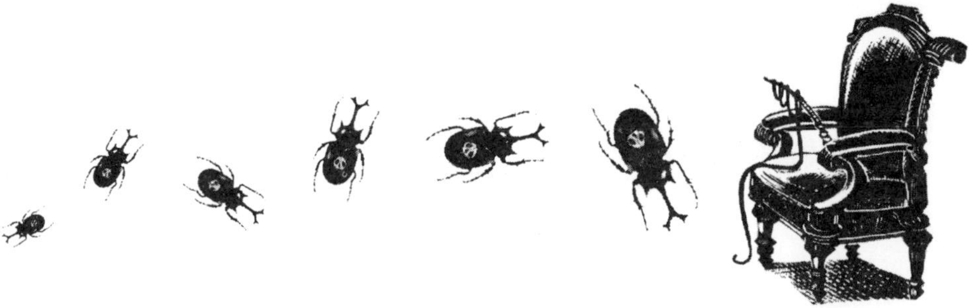

暗的走廊，往裡面走。

長長的走廊時而往右拐，時而往左拐，拐了好幾次，終於到達更裡面的地方。兩側的許多扇門都緊閉，好像有人在裡面睡覺。推開沒有上鎖的門，往裡面偷看。雖然一片漆黑，什麼都看不到，可是真的感覺到有人在那裡睡覺。

走廊一直往裡面延伸，到了盡頭時可以看到一絲光線。門並沒有關緊，房間裡的光線從縫隙露了出來。

小林躡手躡腳的接近，眼睛靠著門縫觀察裡面的情況。

這是一個非常華麗的大房間，房裡的裝飾品全都散發出金色的光芒。天花板上，垂掛著鑲著寶石及玻璃球的吊燈，此外，還插著十幾支蠟燭。光線透過無數的玻璃珠，閃耀著炫目的光芒。

房間的正中央擺著一張鋪上紅絲絨布的安樂椅，一個奇怪的人坐在那裡。原來就是曾經見過的「偷窺箱老爺爺」。他就是在故事一開始時，藉著偷窺箱機關，讓小林看到鐵塔王國情景的那位好像會變魔術的老爺爺。頭髮全白，鬍子垂掛到胸前的老爺爺，穿著華麗的服裝，坐在華麗的椅子上。

椅子前面的紅色地毯上，趴著兩隻巨大的獨角仙。一隻比成人還要大，看起來好像躺在那裡睡著了，可是殼內似乎並沒有人，只不過是塑膠製的獨角仙空殼而已。

另一隻獨角仙則較小，裡面似乎可以藏一個小孩。這隻獨角仙在那兒蠕動著，說不定真的有小孩在裡面。

「哇哈哈哈……」

坐在安樂椅上的老爺爺突然裂開大嘴，抖動著白鬍鬚，發出令人驚訝的笑聲說道：

「喂，你累不累呀！我已經告訴過你了，從今天開始，你就是鐵塔王國的軍隊，是獨角仙軍隊的新兵，知道嗎？今天是訓練的第一天，每

天都接受訓練，就可以成爲偉大的軍人。畢業之後會成爲將校（軍隊中少尉以上的武官），成爲將校，就可以幫助我完成事業。不論是到東京或大阪，不，或許可以到更遠的地方去，跟著我一起遠征！到時候獨角仙軍隊的力量就會震驚世上所有的人了，你知道嗎？

我要讓整個日本都了解鐵塔王國獨角仙的威力！我是鐵塔王國的國王，獨角仙大王，知道嗎？你的父親不服從我的命令，不願意出錢贊助軍費。爲了懲罰他，你將成爲獨角仙軍隊的一員。你要遵從我的命令，向這些人報復。

獨角仙軍隊的訓練非常嚴格，在新兵入伍的第一天，我一定會做以上的訓示，而且會親自示範獨角仙的移動方式讓你看。雖然今天有點晚了，已經九點半了，但是，你還是要試試看。要穿這樣的東西像蟲一樣的爬行，的確很辛苦。在鐵塔王國的將校當中，沒有人能夠像我做得這麼好，你要仔細看哦！」

白鬍子老爺爺站了起來，將紅色地毯上塑膠製的大獨角仙空殼翻了過來，打開腹部的出入口。他就穿著原先的衣服，一腳踏入腹部的裂開處，然後，連頭都縮了進去，再關上腹部的裂縫，從仰躺的姿勢翻了個身，開始爬行。

就這樣，開始了可怕的獨角仙運動。

長在頭上的一隻可怕大角，毛茸茸的長足，黑色背部的白色骷髏圖案，這個巨大的獨角仙正以驚人的速度在房間裡跑了起來。

跑的時候，腳的關節吱吱作響，長長的黑色大角，好像要刺破東西似的，不斷的前進後退。

獨角仙奔跑的速度愈來愈快。不僅在地毯上奔跑，還跑上了安樂椅、桌子，然後又跑了下來。就好像在銀座大街，坐進汽車裡的獨角仙的動作一樣。

接著又發生更可怕的事情，獨角仙開始爬房間的牆壁。不論是天花

板或牆壁，真正的獨角仙都能夠自由的爬行，而人類假扮的獨角仙竟然也能夠做出同樣的動作。

巨大的黑色身體發出可怕輾軋的聲音。沿著牆壁往上爬，在途中並沒有失敗而跌下來，終於到達了天花板，然後啪的掉落在地板上。就像是真正的獨角仙從樹枝上掉落下來一樣，然後又翻了個身。

從天花板上發出驚人的聲響掉下來的時候，通常會背部朝下、腹部朝上的掉在地毯上。這時，長足會不斷的蠕動著，然後慢慢的回復到原先的姿勢。如果不好好的練習，當然無法辦到這一點。

大約表演了二十分鐘，獨角仙終於停止了運動，仰躺在原地，然後從腹部的裂縫處露出白鬍子老爺爺的臉。他已經滿頭大汗了。

老爺爺從獨角仙殼子裡爬出來之後，又坐回安樂椅，然後對趴在那裡一動也不動的小獨角仙說道：

「你知道了吧？獨角仙應該是這樣移動的。你當然還不會，但是，你要和其他隊員一起接受訓練。我要好好的鞭策你們，不斷的抽打你們的背部。

先回房間睡覺。你住十二號房，知道嗎？快去吧。」

可憐的小獨角仙開始慢慢的移動，朝門的方向爬去。在門縫外偷看的小林嚇了一跳，連忙離開，躲到黑暗的走廊中去了。

門打開之後，馬上又關上了。

雖然在黑暗之中，但是，藉著遠處的光亮，仍然能夠隱約的看到周遭的一切，終於可以看清楚物體的形狀。

不久之後，黑色的獨角仙慢吞吞的來到緊貼牆壁而立的小林面前。這就是剛才看到的小孩獨角仙。在黑暗之中，可以看到背部的骷髏臉圖案。黑色的巨大妖蟲在黑暗中爬行著，雖然看不清楚，但是，卻讓人覺得可怕。

小林在黑暗之中跟在妖蟲的身後，沿著牆壁慢慢的前進。

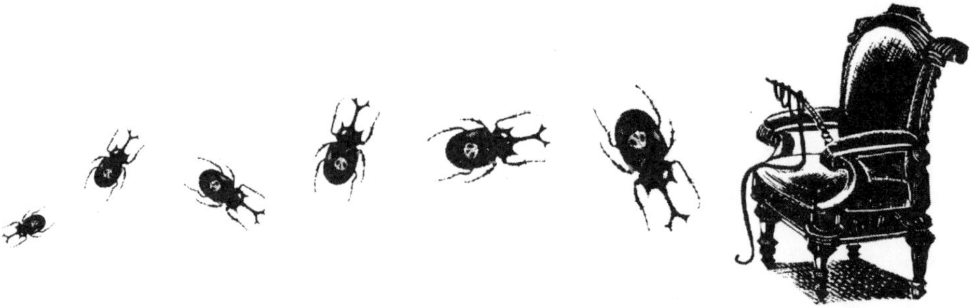

爲什麼呢？

相信各位讀者已經知道了吧！這個小獨角仙殼裡裝的正是被怪人團抓來的少年高橋賢二。

揮動鞭子

小林少年跟在小獨角仙身後，進入十二號房。房間裡面到底發生了什麼事情，在此暫且不提，因爲不久之後就可以知道了。

現在，來看看第二天早上，在同一棟石造建築物的大廳裡，所發生的事情。

這天早上大廳裡傳來咻、咻的鞭子揮舞聲。

大廳裡有十幾隻大獨角仙列隊爬行。在圍成圓形的行列正中央，穿著華麗條紋服裝的白鬍子老爺爺，手持長鞭站在那裡。

賢二少年和哥哥壯一，在自家附近的巷子看偷窺箱時的光景，和現在一模一樣。而讓他看偷窺箱的老爺爺，現在正站在這個大廳的正中央，手持長鞭揮舞著。

「努力一點！喂，十一號，方向不對了，不可以脫離隊伍。」

啪！可怕的鞭子揮向十一號獨角仙的背部。

「接下來練習跑步。跑太慢的傢伙，就等著嘗鞭子的滋味哦！開始跑……」

一聲令下，鞭子在空中不斷的揮舞著。

十幾隻巨大的獨角仙因為害怕鞭子而開始跑步。聽到長足摩擦地面的聲音，發出異樣的聲響。巨大的妖蟲圍成圓圈，在大廳中不斷的跑著。

這種光景讓人看了十分害怕。

跑了三圈，突然聽到「停——」，老爺爺大聲下令。

「喂！十二號，到這裡來。」

鞭子揮向十二號的背上。

「奇怪，你怎麼變得這麼厲害。昨天才剛加入，不可能跑得這麼快呀！奇怪，喂！翻過來仰躺，露出你的臉來！」

鞭子又揮了過去。但是，離開隊伍的十二號獨角仙，卻一直待在原地，一動也不動。

「愈來愈奇怪了，是不是有人代替你？但是誰會代替你呢？出來吧！讓我看看你是誰，不出來的話……」

咻啪！咻啪！鞭子揮向背部兩、三次，但是，十二號卻頑固的不發一語，只是窩在原地一動也不動。

這時，房間外面的走廊，發出異樣的聲響。

「喂！到這裡來。你這個偷懶的傢伙，竟然躲在床下不做訓練……陛下，昨天才到的十二號新兵躲在床下，被我發現了，我把他帶到這裡來了。」

賢二少年被兩名高大的男子抓住雙手，帶到房間入口處。這兩名男子當然就是這個老爺爺的手下。他們穿著夾克，面目猙獰，可能就是這個王國的「將校」吧！

「嗯，果真如此！那麼，在這裡的十二號是誰呢？喂！你們把這個傢伙翻過來。」

老爺爺抖動著白鬍鬚大叫道。兩名男子聽到命令，立刻將賢二少年交給老爺爺，撲向十二號的獨角仙。抓住獨角仙，雙方糾纏了一會兒，最後兩名男子發出驚訝的叫聲。

「咦！你是誰？從哪裡來的？」

從十二號獨角仙的腹部裂縫處，鑽出了小林少年。

小林非常同情賢二少年，因此，願意代替他變成十二號的獨角仙。但是，他假扮成的柔弱的賢二，卻似乎表現得太好了，立刻被揭露了替身的身分。再加上躲在床下的賢二少年也被發現了，因此，現在也無計

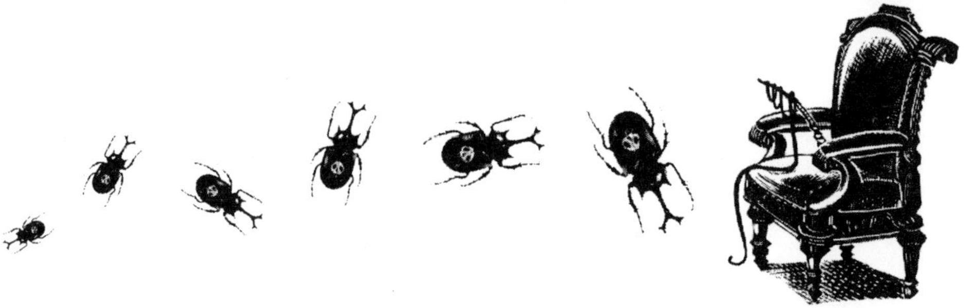

可施了。

老魔術師的真實身分

「哇哈哈哈……各位，竟然發生這樣的事情。你不是明智偵探的助手小林嗎?的確是大膽的傢伙，竟然跑到這裡來。嗯!我知道了，你一定是使用以往的手法，躲在我們汽車的行李廂中來到這裡的吧!

但是，現在已經被發現，你也無可奈何了，真是可憐!按照鐵塔王國的規定，我要嚴格的處罰你。在我的國家沒有死刑，因爲我討厭看到血。我們的軍隊沒有火鎗、手槍或箭，可是，我會以獨角仙的妖術做爲武器。這個國家的嚴格處罰比死刑更可怕!雖不是死刑，但也是會危及生命的處罰。把這兩個男孩子綁起來!嘴巴塞入東西!」

怪老人疾言厲色的下達命令。兩名男子趕緊取出準備好的繩子，靠

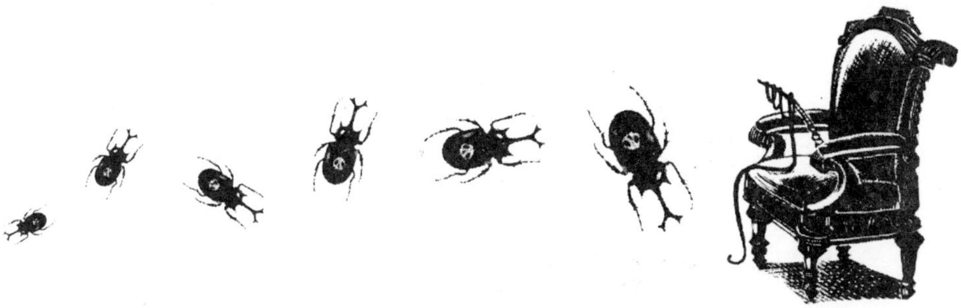

近小林少年與賢二。

就在這個時候，怪老人的身體竟然被黑色的東西撞了一下。雖然黑色的矇面布被扯了下來，但是，從頸部以下到腳趾都是黑色打扮的小林少年，撲向怪老人。瞬間，老人長長白鬍鬚及假髮都被扯了下來，露出來的竟然是年輕男子的一張臉。

小林少年的攻勢令人措手不及，即使是惡人，也只好「啊」的大叫，趕緊用雙手遮住臉，但是已經來不及了。

這下子，輪到小林露出微笑了。

「哈哈哈……原來獨角仙大王就是你啊！好爛的變裝！變裝名人的技術似乎退步了哦！」

「什麼？變裝名人？」

假扮成老人的首領，不知怎麼的，竟然驚訝的回問小林少年。

「明智老師早就知道了，但是，他並沒有說……」

「你說什麼……」

小林少年很痛快的笑著，用手指著對方的臉說道：

「你是怪盜二十面相！不，也許應該叫你四十面相。……會用這麼奇怪的裝扮來嚇人的傢伙，除了二十面相之外，還會有誰呢？而且你每次都喜歡變裝，這種伎倆我早就習以爲常了。哈哈哈……，這次你又輸了。雖然你攻擊的目標是明智老師，認爲只要驚嚇世人，明智老師就無計可施，到時候你就可以拍手叫好。你想要打敗明智老師，這是你向來的願望。可是這次還是不行，你還是被識破了。」

但是，壞人們當然不可能讓小林一直說下去。就在這個時候，兩名高大的男子從兩邊架起小林，準備把他綁起來。

打扮成老人的二十面相，看到這種情形，高興的大笑了起來。

「哈哈哈……這一次輪到我笑了吧！真可憐哪，看起來很聰明，但是畢竟是個孩子。置身在敵人的城堡中，自己一個人偷偷的溜進來揭露

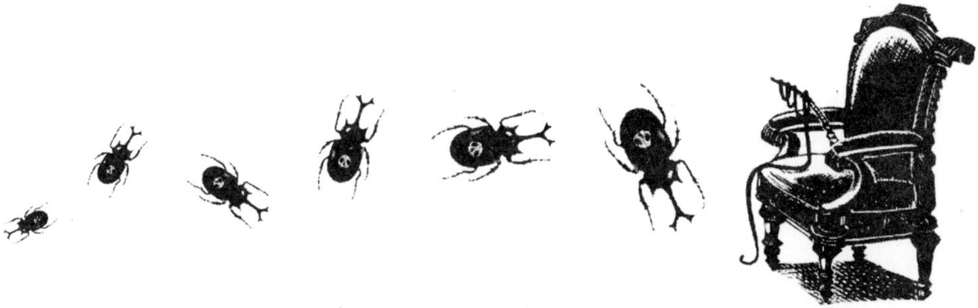

我的真實身分，雖然你的勇氣十足，但是，現在還是被綁起來了。事已至此，萬事休矣！要怎麼懲罰你，就輪到我來做主了。哈哈哈……我真同情你。接下來，你要接受我們國家最嚴厲的懲罰。……喂，把這兩個少年架到鐵塔頂上去！」

二十面相露出可怕的表情，疾言厲色的命令道。

這時賢二也和小林少年一樣被綁住。兩個高大男子，抓著綁著兩名少年的繩子，把他們帶到大廳外。二十面相則嗤笑著跟在他們的後面。

啊！接下來兩名少年會有什麼悲慘的遭遇呢？難道真如二十面相所說的，小林的智慧已經無法發揮作用了嗎？

雖然揭露了敵人的真實身分，但卻無法活著回去，那麼，所有的苦心不都化爲泡影了嗎？

老鷹的食物

沿著石壁的長廊走，拐了好幾個彎，盡頭是圓形的鐵造房間，是鐵塔的一樓。牆壁都鑲著黑色的鐵板，而且有非常堅固的鐵梯。

「爬上鐵梯。」

在二十面相的命令之下，兩名男子推著兩個少年，要他們爬上鐵梯。爬到二樓、三樓、四樓，全都是圓形的鐵造房間。爬到第五層樓時，突然眼前一亮，原來到了鐵塔的塔頂。

圓形的地上也是鑲著鐵板，圍繞著鐵板的則是低矮的鐵欄杆。

「讓他們往下看。」

在二十面相的指示之下，男子們將兩名少年拉到屋頂的一端，把他們的身體壓在鐵欄杆上，要他們往下看。

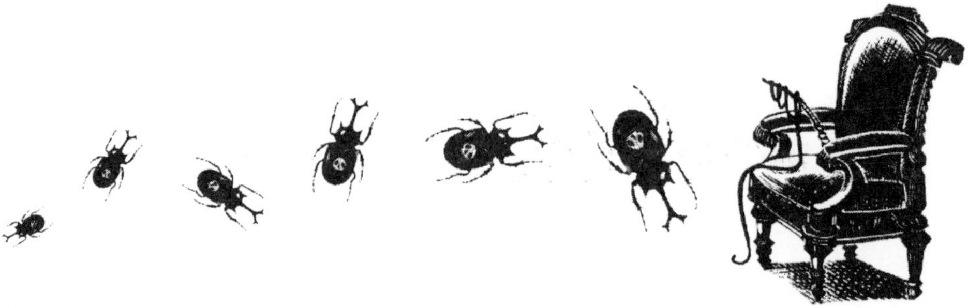

小林少年不怕，可是賢二少年卻嚇得臉色蒼白。鐵塔的牆壁一直往下延伸，就好像在高高的斷崖邊站立似的，嚇得腳不斷的發抖。

「知道了吧！你們絕對無法從這裡逃走，這裡是空中監獄。雖然不是鐵牢籠，但是，也沒有比它更森嚴的監獄了。如果打算逃走，恐怕會丟掉性命。你們就在這裡好好休息吧！哇哈哈哈……我先走一步啦！現在還沒有什麼，但是，等一下你們就知道這個監獄的可怕了。」

二十面相讓兩名男子先行，自己則跟在後面爬下鐵梯，然後用雙手放下通往屋頂出入口的鐵蓋子。在蓋子還沒有完全蓋上時，又從縫隙中探出頭來，笑著說道：

「喂！小林，我要提醒你，這裡的山上有老鷹哦！你們必須要和大老鷹作戰，拚命的掙扎，等到力量用盡，就是最後的死期了，你們將會成爲老鷹的食物。」

說完之後，啪噹的一聲，鐵蓋蓋上了，同時聽到喀鏘喀鏘的上鎖聲音。兩名少年就這樣的被關在鐵塔的屋頂上。

「小林哥哥，該怎麼辦？我好怕！」

賢二好像快要哭出來似的，向小林問道。

「不要緊，我們還沒有輸！我們一定能夠打倒二十面相的，你要忍耐一下。」

聽到小林少年充滿自信的話，賢二少年似乎也恢復了平靜。但小林少年要怎麼擊敗二十面相呢？

難道小林要再次使用繩梯爬下鐵塔嗎？但是，那是不可能的，因爲繩梯的長度只有十公尺，而鐵塔則高數十公尺。

「小林哥哥，我們該怎麼樣逃離這裡呢？」

「等待囉！」

「咦！等待？」

「今天晚上到明天早上，一定會發生驚人的事情，在此之前，我們

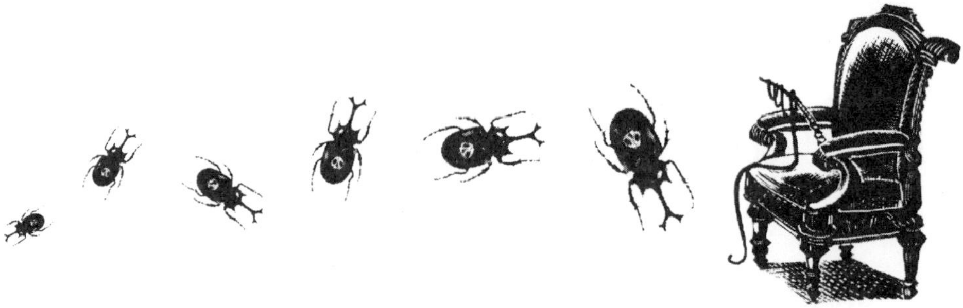

只能忍耐。……你看，天空非常晴朗，我們可以唱歌啊！」

小林悠閒的說道，真的開始唱歌了。

就這樣，到夕陽西沈之前，時間過得很慢。唱歌、猜謎、幫賢二複習功課，所有的事情都做完了，兩個人也覺得肚子餓了。黃昏時刻，已經沒有說話的力氣，只好靠在鐵欄上，伸直雙腳，沮喪的坐在地上。

四周已經一片漆黑，遠處傳來了呻吟聲，好像是山上的島和野獸的聲音。

小林靠在鐵欄上，扭動著身體，仔細看著漆黑森林中的狀況，耐心的等待著。

不知道又過了幾個小時，兩個人都累了，終於睡著了，但是，立刻又醒了過來。因爲心想如果睡著可就糟了。

已經過了半夜，山中吹起強風。豎耳傾聽在黑暗的下方，似乎傳來了野獸的叫聲，而且聲音愈來愈接近了。

小林少年突然「啊」的輕叫起來。原來在黑暗中，感覺遠處似乎有螢火蟲般的小光芒在閃爍。

小林趕緊站起身來，從腰帶的七大道具中掏出手電筒，舉向高處，一下照亮，一下關掉。賢二看到他這麼做，驚訝的站起來，走到小林少年的身邊問道：

「小林哥哥，怎麼回事啊？你在做什麼呢？」

「這是利用手電筒的光傳送摩斯信號（美國的撒米爾・摩斯所想出來的通訊信號，以長短兩種組合來表示文字的意思）。你看，遠處是不是有好像螢火蟲的光芒，那是手電筒，對方也知道信號。」

「咦！那裡有人？到底是誰呢？」

「你見過的啊！就是一直在那裡等待我們的明智老師。」

「咦！明智先生？」

「賢二，我來到這裡之前，已經用飛鴿傳書通知明智老師的事務所，

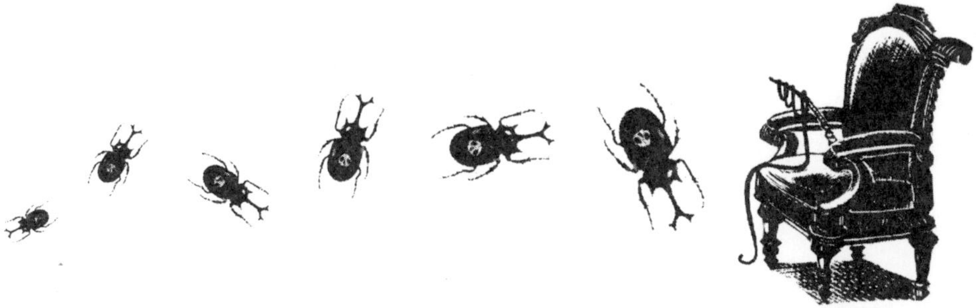

鴿子的腳上綁著寫了關於這個鐵城所在地的詳細書信。昨天晚上我就把鴿子給放走了，一旦明智老師收到這個訊息，他就會前來救我們了。而且不光是老師一個人，還有長野縣的警察，會有一大批警察過來。這是我現在藉著手電筒的信號得知的。賢二，沒問題了，我們獲救了。」

「太棒了！利用飛鴿傳書，不愧是小林哥哥，真是厲害！」

賢二少年立刻恢復了精神。

通信結束之後，對面螢火蟲般的光芒就此消失，不再亮起。在黑暗中，一隊警察由明智偵探帶頭，悄悄的接近鐵城周圍。

不知道等一下是否會引起什麼大騷動，小林心跳加快，豎耳傾聽。然而在下面的建築物卻始終是一片寂靜。

這到底是怎麼一回事呢？距離剛才通信的時間已經過了一個多小時。東邊的天空已經微亮，再不久就天亮了。

這時明智偵探和警察隊還是想藉由繩梯爬上鐵牆，進入城中，找到怪人團的蹤影，將壞人一一逮捕。

因爲不知道情況如何，所以在塔上的小林也顯得有點焦急。就在這個時候，空中傳來奇怪的叫聲。

「是什麼啊？」兩人感到很不可思議，朝著叫聲的方向看去。在微亮的天空裡，出現形狀怪異的黑色怪物，而且逐漸朝自己接近。微微可以看出好像是大鳥。

啊！難道就是二十面相口中可怕吃人的老鷹嗎？

像大老鷹般的怪物朝著塔頂飛撲過來。黑影愈來愈大，只聽到翅膀逆風而行的聲響。

啊！真的是大老鷹嗎？這兩名少年的命運會是如何呢？

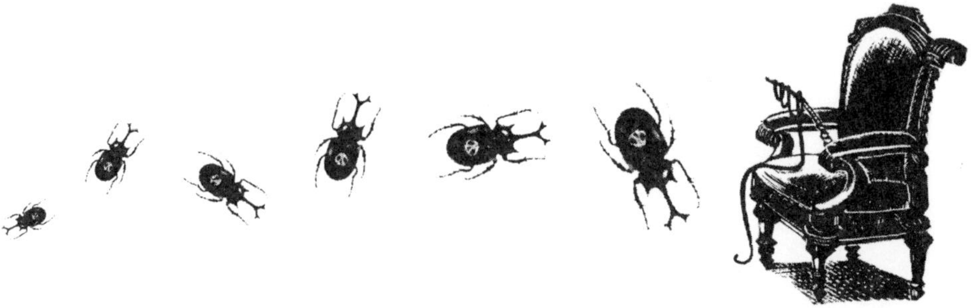

妖蟲的下場

鐵城建築物被幾十名的警察隊包圍，獨角仙王國當然出現了大混亂。被抓的少年軍隊當然不會抵擋警察，全都由警察照顧，並帶領警察到怪人團大人成員所住的房間。

怪人團的壞人們依然頑強的抵抗，展開深夜大作戰。城內似乎有一些秘密地下道和機關。讓二十幾名壞人全部束手就擒，大約花了兩個小時的時間，而且警察隊也有數人受傷。

把壞人全都綁住之後，詢問少年還有沒有其他壞人。他們回答並沒有抓到最重要的鐵塔王國的首領。也就是，怪盜二十面相不見了。不，不見的不只是怪盜二十面相而已，名偵探明智小五郎也不知道到哪裡去了，怎麼找也找不到。

這時，明智偵探和怪盜二十面相正展開對決。二十面相趁機一個人逃到鐵塔，明智看到之後立刻追趕而去。察覺到被追趕的二十面相，逃到小屋中，把門上鎖。

明智用整個身體撞門，終於把門撞開了。但是，在這兩、三分鐘的時間內，二十面相又不知道跑到哪裡去了。房間裡面空無一人，出入口也只有原先的門而已。

明智敲敲四面的牆，檢查有無秘密通道，但是，並沒有可疑之處。

這時，天花板上傳來可疑的聲音。明智心想，難道在那裡？於是用手電筒照向天花板。這時候天花板上發出可怕的聲音，並且一隻巨大的獨角仙掉在面前。

二十面相趁著明智撞門的空檔，躲在房間內的獨角仙的空殼裡，表演他的拿手絕活，開始沿著牆壁往上爬，躲在天花板。但是，無法一直趴在牆上，等到力氣用盡時，只好掉落在地上。

巨大的獨角仙和明智偵探展開搏鬥。獨角仙突然身子一閃，跑到走廊，以驚人的速度跑向鐵塔。

獨角仙跑到鐵塔的一樓，開始爬著鐵梯。爬了二樓、三樓、四樓，最後到達屋頂。爬到通往屋頂的鐵梯上的獨角仙，低頭看著明智偵探，發出可怕的笑聲。

「哇哈哈哈……，明智先生，你以爲抓得到我嗎？我還有武器呢！有非常適合對付你的武器。喂！明智先生，你知道在這個屋頂上有誰嗎？那就是你最心愛的弟子小林和賢二。

他們被關在空中監獄裡。這兩個孩子是人質。如果你要抓我，我就要把他們從塔上推下去。哇哈哈哈……，當然，這是我最後的王牌。明智先生，你束手無策了吧！哇哈哈哈……」

說完之後，二十面相獨角仙用鑰匙打開鐵蓋，想要爬到屋頂上。但是，正打算爬上去的時候，「啊」的驚訝叫了一聲。

這時，天色已經大亮，塔頂也一片光亮。屋頂上已經看不到小林少年和賢二少年了。二十面相的獨角仙慌忙的爬上去，以驚人的速度跑向鐵欄杆，但是，並沒有發現他們躲在欄杆外。

怎麼可能有這麼奇怪的事情呢？通往屋頂的出入口只有一個，而且上了鎖。他們不可能從鐵塔跳下去，一跳就會沒命。那麼，到底他們躲到哪裡去了呢？不，根本無處可躲。難道兩名少年會變魔術，像煙一般的消失到空中去了嗎？

心裡這麼想著，猛然抬頭望向天空，看到天空的另一端發出異樣的聲音，一隻巨大的鳥正朝著這裡接近。不，那不是鳥。因爲天已經亮了，所以能夠淸楚的看到它的樣子，那是一架直升機。

眼看著直升機就要來到鐵塔的正上方，透明的座位上坐著人正朝這裡接近。看到之後，二十面相的獨角仙又「啊」的大叫了起來。原來在透明座位上除了駕駛之外，還有小林少年和賢二少年，他們正笑著俯看

塔上的怪物。

先前朝兩名少年飛過來的，不是大老鷹，而是這架直升機。藉著明智偵探的幫忙，爲了救出塔上的兩名少年，長野縣的警察利用電話與附近的城市取得聯絡，由松本市的報社派出直升機，從直升機上放下繩梯救出了兩人。

這時，找尋明智偵探的警察們發現了鐵塔，跑到塔的一樓，爬上鐵梯，來到了屋頂。屋頂上擠滿了警察。

二十面相被警察包圍，已經無計可施了。

退到塔上的巨大妖蟲不斷的倒退，身體靠在角落的鐵欄杆上。

接下來的瞬間，發生了可怕的事情。

獨角仙躍過了鐵欄杆。明智偵探和許多警察不禁「啊」的大叫一聲，但是已經來不及了。

巨大的獨角仙首先抓住了鐵欄杆的外側，但是，最後還是像箭一般的跌落在距離屋頂數十公尺的地面上。這時，隱約可以微微聽到「再見了！」的聲音傳來。

這就是震驚日本的獨角仙大王、怪盜二十面相悲慘的下場。

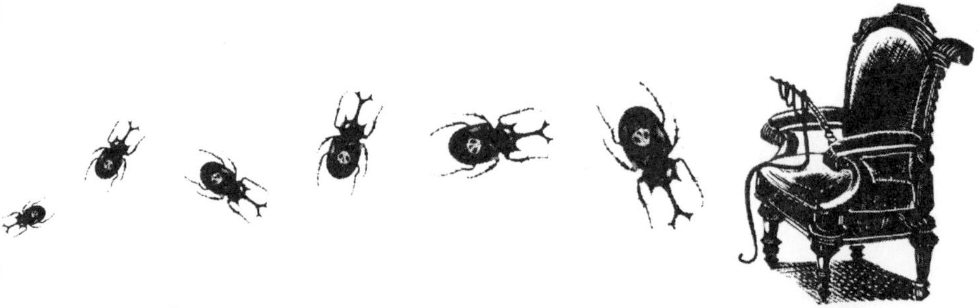

解說

偷窺箱的世界

戶川安宣（編輯）

你是否想起曾經和朋友一起在本書後半段的舞台——木曾山中的深山裡看滿天星星的情景呢？那裡有在都會區中很難看到的無數星星在天空中閃耀著光輝。

當時，可能是和朋友們一起用天體望遠鏡看著天空，大家不約而同「哇」的發出了感嘆的叫聲吧！

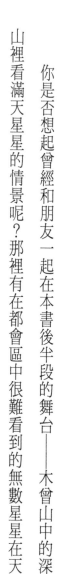

星空，即使只是用肉眼看也覺得非常美麗，而只有在理科的教科書或圖鑑上可以看到的銀河，利用天體望遠鏡也可以看得一清二楚。

用天體望遠鏡看星空，到底可以看到什麼樣的世界呢？真想早親身體驗一番。

「快點嘛！快點嘛！我也要看！」

已經再也忍不住了……這種感覺我能夠了解。

用望遠鏡看到的世界——為什麼會讓人這麼興奮呢？

望遠鏡能夠讓遠處的東西看起來就好像在近處，讓小的東西看起來變得很大，……相信大家都有過這樣的經驗。但是不可以忘記的是，利用透鏡的洞隔開來的圓形空間，是只有自己才可以看得到的世界，而這個透鏡打開了肉眼看不到的世界。

本書在一開始時，使用偷窺箱機關的奇妙老爺爺登場了。少年偵探團的團長——明智偵探的少年助手小林芳雄也很感興趣的趨身去看，結果看到了難以言喻的可怕情景。看到不知名的深山中有著如城堡般的建築物，周圍則有很多的獨角仙在爬行著……。

這的確是個可怕而又深具魅力的故事開頭。

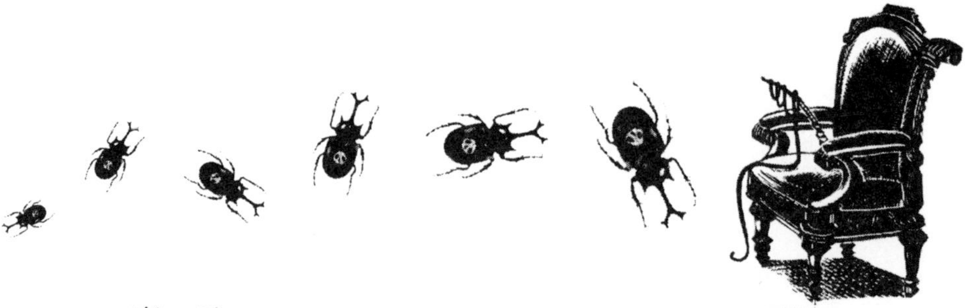

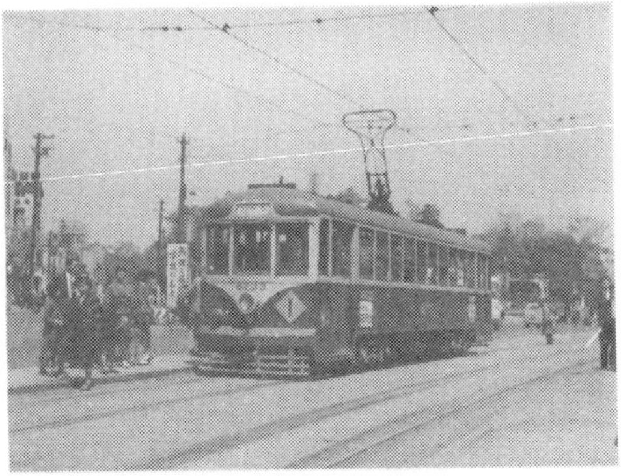

東京的路面電車（一九五二年）。

但是，利用偷窺箱機關看到的情景，在故事的後半段真的出現了，這是不是令人覺得毛骨悚然呢？

這個故事從一九五四年一月到十二月在「少年」雜誌上連載，當時的標題是『鐵塔的怪人』。從『怪盜二十面相』算起，是少年偵探故事的第十個故事。

這部作品和其他系列有幾個不同點。

首先是，鐵塔王國的壞人威脅富商要捐出一千萬圓，否則要帶走富商的兒子賢二。以往登場的壞人都是想要昂貴的寶石或美術品，對金錢毫不關心。但是，在這個故事裡卻擄走小孩，要求對方付出贖款。

第二是，聽令於獨角仙怪物手下的壞人，存在於日本某處的鐵塔王國世界中，令人難以置信。而且這些人所做的事情，就是要「收集許多小孩，訓練他們成爲偉大的軍隊」，甚至威脅富商如果不付錢，就要帶走賢二。以往登場的壞蛋，幾乎都只是以收集價值連城的美術品爲目的，因此這也是不同的一點。

作品拍成電影。亂步先生也在拍攝現場。

接著就是巧妙跟蹤擄走賢二的壞人的小林少年，他在木曾山中發現了可怕的鐵塔王國。這和故事開頭小林所看到的老爺爺偷窺箱機關中的情景一模一樣。

這段敘述和故事的開端完美的結合在一起。此外，還看到孩子們被放進獨角仙的空殼當中，進行移動的訓練。

接下來，又會發生什麼事情呢？看下去就會發現情節緊張刺激，教人手心冒汗。而

且還出現很多好像變魔術似的情景，但是，明智偵探和小林少年都一一加以解決了。看到壞人和名偵探互相鬥智，也是一大樂事。

這篇故事是，作者江戶川亂步先生將其所寫的適合大人看的『妖蟲』這部作品，重新改寫爲適合少年讀者的作品。將來如果有機會閱讀『妖蟲』的話，就可以比較什麼地方做了改變。相信亂步先生一定花了很多工夫，讓大家擁有雙重的樂趣。同時也讓人知道，亂步先生爲了寫適合少年讀者的小說，真的是絞盡腦汁，令人佩服。

國家圖書館出版品預行編目資料

恐怖的鐵塔王國／江戶川亂步著；施聖茹譯
－－初版－臺北市，品冠文化，2002〔民 91〕
面；21 公分 —（少年偵探；10）
譯自：鐵塔王國の恐怖
ISBN 957-468-137-8（精裝）

861.57　　　　　91004697

版權仲介：京王文化事業有限公司

少年偵探 10 **恐怖的鐵塔王國** ISBN 957-468-137-8

著　　者／江戶川亂步
譯　　者／施 聖 茹
發 行 人／蔡 孟 甫
出 版 者／品冠文化出版社
社　　址／台北市北投區（石牌）致遠一路 2 段 12 巷 1 號
電　　話／(02) 28233123・28236031・28236033
傳　　真／(02) 28272069
郵政劃撥／19346241
E - mail／dah-jaan @ms 9.tisnet.net.tw
登 記 證／北市建一字第 227242 號
區域經銷／千淞圖書有限公司
地　　址／三重市中興北街 186 號 5 樓
電　　話／(02)29999958
承 印 者／高星印刷品行
裝　　訂／源太裝訂實業有限公司
排 版 者／千兵企業有限公司
初版 1 刷／2002 年（民 91 年） 5 月
初版發行／2002 年（民 91 年） 6 月

~~定　價／300 元~~
特　價／230 元